Satoshi Wagahara
Illustration ■ Oniku
和ヶ原聡司
插畫■029

Kadokawa Fantastic Novels

CONTENTS

《打工吧！魔王大人》登場人物

東京・笹

麥丹勞幡之谷站前店

岩城宏美接替木崎真弓成為店長，新人取代千穗等主力員工，建立新體制。

高中女生，看見世界的界線

「千穗，可以幫忙拿一下報紙嗎？」

「好的。」

清晨。

千穗遵從母親的指示，去拿信箱裡的早報，今天的報紙比平常重，讓她吃了一驚。

「啊，因為今天是假日。」

假日的早報會夾比較多傳單。

千穗按著差點掉出來的傳單走回客廳後，注意到一張外露的傳單，她抽出那張傳單，將其攤開。

「妳在看什麼？徵人廣告？」

里穗發現女兒在看從報紙裡抽出的傳單，便向她搭話。

「嗯。仔細想想，我從來沒有好好看過這類傳單。因為我之前應徵麥丹勞的打工時，完全沒考慮過其他店……」

便利超商、家庭餐廳、加油站、速食店和一般商店都在徵打工人員，許多大肆招募「儲備幹部」和「正式職員」的公司，甚至標明「經驗不拘」。

「這樣一看，其實很多地方都在招募正式職員呢。」

「咦？」

「真奧哥之前拚得那麼辛苦，還是沒有通過研修，新聞也在報導雖然有效求人倍率總算提升，但景氣依然不好，讓我覺得大家都好辛苦。」

「這世界上應該沒有不辛苦的工作吧。」

「可是，有些公司徵人時感覺就像在招募打工人員喔？不注重經驗和學歷的職缺也很多……」

「那種工作也是有那種工作的辛苦。這表示那個行業的人員流動率就是高到必須到處徵人，或是工作本身非常繁重。而且對應徵者來說，門檻低反而會讓競爭變得更激烈。無論如何，若一開始就把事情看得太簡單，之後一定會嘗到苦頭，這點不管什麼工作都一樣。」

「原來如此……說得也是。」

仔細一看，薪水看似很高的職缺，旁邊都會加上「舉例」或「範例」等文字，另外還有很多像「按件計酬」或「業績抽成」等讓人似懂非懂的詞。

另一方面，既然會開公司做生意，就表示應該也有很多人是把這當成天職在做，光看徵人啟事，根本就無法看出公司內部的氣氛。

「不過……這些一定都不是吧。」

這些徵人廣告裡，應該沒有真奧所追求的「正式職員」。

不對，在他與千穗相遇前，或許有過也不一定。

但現在的真奧是抱持著明確的目的在工作，甚至完全沒在注意這類職缺。

所以千穗立刻將視線從這些招募正式職員的廣告上移開，翻頁看其他職缺——

「啊，好厲害。」

千穗發現某個職缺的時薪，明顯比其他工作高。

有補習班在招募講師，而且令人驚訝的是，那裡的時薪居然有一千八百圓以上。

千穗曾在某個時候聽惠美提過docodemo時期的時薪，而這個數字又更勝一籌。

雖然要求大學以上的學歷，但考慮到這個工作關係到國、高中生的未來，會開出這樣的時薪也不奇怪。

「差真多呢。」

即使補習班講師算是特例，但

KU MAOUSAMA! HATARAKU MAO AMA
登塚周邊
阿拉斯・拉瑪斯、艾契斯和伊洛恩等質點之子，出現危險的徵兆……？
佐佐木千穗
阿拉斯・拉瑪斯
大黑天禰
艾契斯・阿拉
伊洛恩
志波美輝
諾爾德

異世界安特・伊蘇拉

蘆屋與鈴乃，正為了讓魔王城起飛和調整各國情勢四處奔走。漆原與萊拉，則是為了幫大魔王撒旦的遺產「調養身體」，前往中央大陸。

要求大學生以上或十八歲以上才能應徵的各種職缺的時薪，都遠超過高中生的水準。

儘管不只這些要素，不過還是能看出周圍的人對高中生與大學生的評價基準，明顯有段很大的差距。

「唉，這種事等上大學後再想吧。坦白講，我覺得一直在熟悉的地方工作比較輕鬆。」

「我並沒有看得那麼認真啦。而且根本就沒有什麼輕鬆的工作吧。」

「即使工作都很辛苦，但心情上輕鬆一點的會比較好吧。」

大人世界在選擇用詞方面還真是麻煩。

「對了，千穗。這個我去幫妳拿回來囉。」

「啊！謝謝。因為我打算今天拿去還。」

「明明只要先暫時請假，之後再拜託他們讓妳回去就行了。熟悉的地方會比較輕鬆喔？」

「我知道啦。」

千穗隨口搪塞母親的玩笑話，從母親那裡收下洗衣店的紙袋，那裡面裝著最近一年，對千穗來說非常重要的地方的「制服」。

「必須好好做個了斷才行。」

千穗下定決心，用力握緊紙袋的把手。

19
打工吧！魔王大人
Satoshi Wagahara
Illustration Oniku
和ケ原聡司
插畫 029
Kadokawa Fantastic Novels

序章

真奧用力抿緊嘴巴，看向放在三坪大房間角落的那個空蕩蕩的寵物籠。

「怎麼了嗎？」

或許是那道背影看起來有點脆弱，利比科古如此問道，然後真奧落寞地轉過頭。

「其實啊。」

「嗯。」

「在你搬進來之前，這個房間曾經修繕過一次。」

「喔。」

「而害這個房間必須修繕的傢伙，之前就被裝在這裡面。」

「喔。」

「這個籠子的價錢，也被包含在修繕費用當中。」

「……喔。」

利比科古本來以為真奧看起來有點落寞，但這才發現那是自己的錯覺。

「因為根本就沒用多久，所以我真的覺得很可惜。」

「……………喔。」

「只有這裡的榻榻米變成半片……大概是這裡修起來特別費工夫吧……如果這裡沒壞，或許就付得起修繕費，也不用向惠美低頭了……唉。」

「聽起來很辛苦呢。」

「是啊。錢的事情真的很嚴苛。記好了，這可是我們每天辛苦工作才賺到的錢。」

真奧注視的籠子裡，直到前幾天都還關著名叫基納納的魔界大惡魔，那個連貝雷魯雷貝魯貝族的老惡魔，身懷古代大魔王撒旦的遺產。

漆原和萊拉，正帶著基納納回安特．伊蘇拉調養身體。

考慮到基納納原本是魔界的惡魔，又是滅神之戰不可或缺的存在，以後應該不會再有機會將牠關進這個籠子裡了。

然而，這個籠子既不能拿來裝雜物，上面也不方便放東西，就這樣成了莫名其妙的無用裝飾品。

「不然養個什麼動物好了，感覺阿拉斯．拉瑪斯會很開心……畢竟有這個東西在，實質上就等於只有這個房間被允許養寵物了。」

「養寵物不是很花錢嗎？」

「如果考慮到性價比，那又是另一回事了。不過確實是很花錢呢。」

雖然期間不長，但曾經有一隻小貓在這個房間裡生活過。

一想起當時的花費，真奧就無法隨意決定養寵物。

「養貓我倒還有點經驗，但貓又不適合關在這種籠子裡。難道就不能用在其他地方嗎？」

「就連在人類世界生活沒多久的我，都覺得不太可能。看是要賣掉，還是隨便放到架子上都好吧。」

「別說這種無聊的話啦～」

「比起這個，魔王大人。這件事應該不用急著現在想吧。請您快點吃早餐，這樣我沒辦法收拾。」

雖然之前一直乖乖聽真奧抱怨，但在這幾天裡，利比科古已經確實掌握了與真奧對話的訣竅，偶爾還會比蘆屋更加俐落地管理真奧的行程。

「魔王大人今天一早就要出門，所以碗盤就交給我來洗。話說澡堂的回數票已經用完了，請您幫忙再添購。」

「……喔。」

晚餐要怎麼處理？我會先把飯煮好，剩下的請您自己解決好嗎？我今天要上班到打烊。」

「……喔。」

被爐上放著以早餐來說，分量有點太多的炒麵加荷包蛋。

利比科古比身材修長的蘆屋還高半個頭，長得也比較壯。

如果吃得太少，會無法滿足那副體格，所以他在不知不覺間學會這種重視飽足感的料理，並直接就這樣端上餐桌。

這種料理的優點是便宜，但和蘆屋、鈴乃與千穗精緻又細膩的調味相比，口味實在太重，很容易吃膩。

因此真奧最近偶爾會想吃味道淡一點的東西，與利比科古輪班做料理的次數也增加了。

「真虧你有辦法一大早就吃那種東西。」

「這些還不夠呢。」

「真的假的。」

「唉，雖然我也不討厭這種料理。」

雖然漆原常吃零食，但吃的還是不多，利比科古的食量足足是他的三倍。

真奧的人類型態也是二十幾歲的男性。

所以食量也不能輸人。

「唔噗，我吃飽了。」

「碗盤我來收拾就好，請您先準備出門吧。」

序章

「喔……不好意思。」

真奧沒規矩地邊咀嚼邊說，起身準備去上班。

他帶好錢包和手機，確認天氣預報，在刷完牙後拿起自行車的鑰匙衝出玄關。

「出發了！杜拉罕二號！今天也要有精神地上班！」

主人氣勢十足的呼喊聲和自行車離開的聲音從窗戶傳了進來，利比科古聽見後，看向放在房間角落的基納納的籠子說道：

「……魔王大人……該不會很閒吧？」

利比科古已經在麥丹勞幡之谷站前店，和真奧一起工作了快一個月。

這段期間，真奧做的事情幾乎都和利比科古一樣，雖然利比科古覺得主人現在應該有其他該做的事情，但他已經被耳提面命過現在做的這些事情也很重要。

「唉，魔王大人一定有他的考量吧。」

利比科古以某方面來說，或許比蘆屋和漆原還要坦率的心情，收拾主人早餐的碗盤。

他看向日曆，發現今天是四月三十日。

「離滅神之戰只剩下兩個月……這種生活到底要持續到什麼時候。」

勇者，做出決斷

一踏上不會晃動的地面，漆原就腿軟地癱坐在地上。

「喂，你沒事吧？」

站在旁邊的萊拉，看起來不怎麼擔心地問道。

「怎麼可能沒事。我好想立刻大鬧一場，將這種不舒服又煩躁的感覺都發洩出來。」

臉色蒼白的漆原，恨恨地仰望背後的帆船。

雖然從安特・伊蘇拉北大陸最南端的商業港灣都市威蘭德・伊薩，到中央大陸北端的行政都市諾斯・夸塔斯搭船只要兩天，但對極度不擅長搭乘交通工具的漆原來說，這根本是一段地獄旅程。

他這段期間幾乎沒吃東西，就算吃了也會馬上吐出來。

儘管待在甲板上時會舒服一點，但船員要求他們晚上不能離開船艙，讓暈船的漆原根本就睡不好覺。

漆原睡不著時發出的呻吟，似乎也讓萊拉有點睡眠不足，她的眼神充滿煩躁，眼睛周圍也都是黑眼圈。

「我們接下來還要搭公共馬車到諾斯・夸塔斯的郊外。你振作一點啦。」

「我已經不想再管什麼世界的安定，讓我直接飛過去啦！都什麼時代了，還搭公共馬車！現在都有可調式座椅了！」

漆原開始語無倫次，就算有可調式座椅，也無法減緩暈車的症狀，但總之漆原似乎已經不想再搭乘任何交通工具了。

「搭公共馬車很容易被人追蹤吧。而且來到這裡後，基納納隨時都有可能突然變大，就算得冒一點風險，也應該立刻遠離城鎮！」

漆原坐在碼頭的地上，像個任性的孩子般大喊。

「……目前看起來是沒什麼變化……」

萊拉像是在照顧貴族的寵物般，提著一個大籐籃，她稍微掀開蓋子，偷看正在裡面睡覺的古代惡魔——連貝雷魯雷貝魯貝族的基納納。

真奧等人在魔界遇見的古代惡魔，輩分似乎比現存最長壽的惡魔卡米歐還要高一輩，堪稱魔界歷史的活證人，但麻煩的是，他有嚴重的老人痴呆。

基納納喉嚨上的石頭，被認為是古代大魔王撒旦的遺產「阿斯特拉爾之石」，但他在魔界地下設施的那場戰鬥中受了重傷，在那之後就明顯失去了活力。

只要一吸收魔力，就會變大並開始搞破壞的基納納，之前一直被「飼養」在日本，他有可能是其中一樣遺產，萬一就這麼死掉，不曉得會造成什麼問題，所以即使知道他有失控的風

險，還是得帶他回到能夠補充最低限度魔力的安特·伊蘇拉。

然而，即使回到安特·伊蘇拉魔力剩下最多的中央大陸，基納納還是沒有恢復的跡象。

「我想盡可能早點將回想起來的事情告訴蘆屋，這樣大家的內心也會變得比較從容一點吧。所以……」

「就算是這樣，也不能用飛的啊。那樣太顯眼了。」

在安特·伊蘇拉的法術士中，也不是沒有會長距離飛行的人。

但那麼做果然還是很顯眼，而且萊拉和漆原身上穿的，都是法爾法雷洛替他們準備的中央大陸的一般服裝，看起來一點都不像法術士。

「……」

不過這樣下去，這個無可救藥的尼特族，絕對打死都不會離開萊拉的腳邊。

「對了。路西菲爾，我有個能讓你不會暈車的好方法喔。」

「我可不會相信什麼按住拇指根部、吃薄荷口味的糖果，或是上車前先喝可樂之類的民俗偏方喔。」

「按住拇指根部這招，姑且還是有科學根據啦。」

「無論有什麼根據，那種天真的方法，對我這個生命體都沒用啦！那麼，妳說的不會暈車的方法是什麼？」

「我最近聽說可以試著減少進入眼睛的光線。只要戴一副太陽眼鏡，就不太會暈車了。」

「現在要去哪裡找太陽眼鏡啊。這裡可是安特・伊蘇拉喔。」

「嗯，所以要用另一個更確實的方法。」

「咦？另一個？」

「這個方法相當確實。」

萊拉充滿自信地斷言。

「只要自己駕駛，就不會暈車了。」

萊拉自信滿滿的發言，讓漆原全力皺起眉頭。

「…………啊？」

「等、等一下啦啊啊啊啊！」

「……妳在幹什麼啊？」

漆原沒力地說完後，輕輕拉了一下韁繩停下馬匹。

在離他有段距離的後方，有一匹站在原地不動的馬，萊拉正拚命抱著那匹馬的脖子。

「這是第幾次了。這樣根本就沒辦法前進。」

「我、我明明什麼都沒做，這孩子卻不肯走！」

「這世界上最不能相信的話，就是『什麼也沒做』了。」

漆原以熟練的動作拉緊韁繩讓馬掉頭，回到萊拉身邊。

「太、太奇怪了！我明明就在農家練習過怎麼照料家畜，為什麼我的騎馬技術會不如你這個整天待在房間裡上網的人啊？」

「妳這是嚴重的誹謗，而且這兩件事根本就不能拿來比吧。」

漆原一臉從容地說完後，移動到萊拉的馬旁邊，他從萊拉手裡搶過韁繩，輕輕揮了一下。

萊拉的馬有些不滿地搖頭，但還是開始靜靜地與漆原的馬並肩前進。

「喂，好好握住韁繩。」

「真……真是屈辱。」

「妳韁繩拉得太大力了。妳知道韁繩為什麼是連到馬的嘴巴上嗎？因為牠們的嘴巴很敏感，如果妳拉得太用力，馬就會痛到不曉得該如何行動。喂，彎腰時手的姿勢會跟著偏掉，把韁繩拉得太緊，所以給我挺直背脊。」

萊拉一定沒想到自己會有被漆原叮嚀「挺直背脊」的一天吧。

即使因為屈辱和羞恥而顫抖，萊拉還是向巧妙地同時操縱兩條韁繩的漆原問道：

「為、為什麼你這麼會騎馬？我不認為撒旦或艾謝爾先生會要你去學騎馬……」

萊拉提議的「絕對不會暈車的方法」，就是自己駕馭交通工具。

兩人目前身在安特．伊蘇拉，所以能夠馬上準備的長途交通工具，就只有載貨用的馬。

然而，這時候卻發生了出乎意料的狀況。

身為提議者的萊拉完全不會騎馬，反倒是漆原像在騎已經相處了十年的愛馬般，展現出精湛的騎術。

載貨用的馬身上不僅背著去魔王城路上需要的行李，為了避免馬行走時讓基納納覺得太晃，還另外設置了像扁擔的平衡裝置，但這些都不影響漆原騎馬，可見他的技術是真的很好。

相較之下，萊拉在跨上馬背、讓馬踏出腳步，以及讓馬持續前進時都費了一番工夫，所以徹底失去了自信。

「我是在入侵西大陸後才學會騎馬。當然不是為了用來代步或運輸物資，而是為了進行各種遊戲。」

漆原說完後，露出非常邪惡的笑容，萊拉見狀便皺起眉頭。

「你到底都玩了什麼？」

「雖然我不介意詳細說明，但艾米莉亞和貝爾一定會生氣吧。妳想想，西大陸不是篤信大法神教會嗎？」

「嗯、嗯，是啊。」

「那裡流傳的神話裡，有許多天使或英雄騎馬拯救人類的軼事。所以啊，我會展開翅膀騎著馬，去找被我們攻打的傢伙，我的外表不是長得很像人類嗎？即使我擁有黑色的翅膀，他們還是被有長著翅膀的人類騎馬過來這項事實蒙蔽了雙眼，激動地認為有天使來拯救他們。」

「……夠了，我懂了。別再說了。」

「打爆那些傢伙時，真的很開心呢。」

「我就叫你閉嘴了。」

簡單來講，漆原是為了戲弄和折磨西大陸的人類取樂，才學會騎馬。

「你就算不騎馬，也能假扮成天使吧。」

「妳是指我的白色翅膀嗎？」

「呃，嗯……」

「大人不是常說玩樂是在浪費人生嗎？不過就是因為浪費才有趣，為了豐富人生，有必要享受這種浪費。換句話說，如果有人說某件事是在浪費人生，表示那傢伙的人生缺少了必要的東西。真是太可憐了。遊戲就是要浪費才有趣。而且像現在這樣……」

漆原像是打從心底感到愉快般，側眼看向萊拉。

「騎在平常小看我的傢伙頭上，實在是太爽了。學習這種事，真的不曉得會在人生的什麼時候派上用場呢。哎呀～只有活得久這點可取的傢伙，應該無法理解這種感覺吧。」

雖然漆原將自己平常的生活態度擱置在一旁，不斷出言挖苦，但萊拉現在完全無法反駁。

「不過按照這個步調，應該能比走路或搭乘公共馬車還早抵達吧。」

「平常個性懶惰的你，難得表現得這麼急迫，到底有什麼事必須這麼急著傳達？」

「就算知道這件事，也不會對今後的計畫產生多大的影響。不過如果能早點知情，在發生萬一的狀況時，處理起來心情或許會輕鬆一點。唉……雖然我得因此揭露一些自己不堪的過去。」

「……我有點意外呢。」

「怎麼說？」

「雖然不曉得你有什麼不堪的過去，但簡單來講，就是如果可以不說，就不會想說的經歷吧？」

「是這樣沒錯。」

「然而，你現在卻這麼勤奮地在趕路，真是不符合你的風格。」

「我懂了。妳是在瞧不起我吧。」

漆原不悅地哼了一聲後，抬頭看著天空說道。

「如果事情只會影響真奧、蘆屋和艾米莉亞，我也不會這麼認真，但這件事關係到阿拉斯・拉瑪斯吧。另外，還有伊洛恩和艾契斯。他們搞不好比真奧和艾米莉亞還強。我可不想因

為處理不好，而與他們敵對。」

「呃，嗯……」

「看見自己認識的小鬼哭泣，會讓人感覺很差，而且又麻煩。我平常本來就不會特別想讓阿拉斯．拉瑪斯傷心，既然如此，不如好好做，在各方面反而會比較輕鬆。」

漆原的說法既迂迴又難懂，但萊拉還是能理解漆原的這些行動，確實都是在替阿拉斯．拉瑪斯著想，讓她吃了一驚。

「我姑且問一下，這一年裡到底發生了什麼事？」

「咦？」

「你前陣子不是才破壞了笹塚站和首都高速公路嗎？在更之前，則是一直在魔界和安特．伊蘇拉到處搞破壞……不過是在笹塚生活了一年，到底發生了什麼變化？」

結果反而是漆原因為萊拉的問題，露出困惑的表情。

「我說啊，如果妳去了一間新餐廳，對那裡的餐點感到非常滿意，難道不會繼續去嗎？」

「……咦？」

「網路、遊戲和漫畫也很有趣喔？而且真奧還會幫我出所有的錢。如果繼續搞破壞，絕對無法取得這些東西。既然如此，當然必須守護能夠持續獲得這些東西的環境吧？」

「雖然我覺得撒旦會不會持續替你出錢這點有很大的議論空間。」

「不過如果是我害阿拉斯．拉瑪斯不高興，真奧一定會生氣。若只要揭露一些不堪的過去就能了事，這代價還算便宜。」

一邊是埋藏在已經喪失了幾千年的記憶中的不堪過去，一邊是以時代的標準來說算落後的網路環境，漆原在評估過兩者後，乾脆地選了網路，萊拉實在不曉得該接受這個事實，還是該說這樣很奇怪。

「唉……你覺得好就好。」

「這種講法真讓人不爽。妳想吵架嗎？」

「你這個人真麻煩！」

「彼此彼此吧。」

漆原壞心眼地笑了一下後，用力嘆了口氣。

「唉，總之這樣我就不會頭暈，所以慢慢騎也沒關係。從北大陸的狀況來看，教會那些人還無法立即行動，只要按照正常的速度前進就行了。」

「你剛才不是說考慮到基納納先生的狀況，應該盡快趕路嗎？」

「放心啦，如果他看起來快死了，就隨便餵他吃路邊的樹木或草吧。既然連公寓房間都能吃，應該總會有辦法吧。」

「真是的！你認真一點啦！」

雖然漆原表現得很悠哉，但他們已經來到離諾斯．夸塔斯的中央地區有段距離的地方，事到如今也無法丟下馬匹，所以萊拉只能繼續騎馬。

實際上，只要北大陸的迪恩．德姆．烏魯斯這個巨大的防波堤能繼續發揮效用，狀況應該不太可能突然產生變化。

至少真奧接下來超過三個星期的時間，都一如往常地排了打工。

正因為如此，安定的期間持續得愈久，變化產生的效果就愈激烈。

※

春天。那是邂逅與離別的季節。

滅神之戰的準備是從去年年底開始，在那之後已經過了四個月。

在日本，佐佐木千穗為盡自己身為學生的本分，表明要辭掉麥丹勞幡之谷站前店的打工。

經常指導異世界的魔王與勇者的店長——木崎真弓，也在收到調職命令後將店長的位子託付給繼任的岩城琴美，離開了店裡。

在岩城店長忙著替幡之谷站前店重整態勢時，魔界的惡魔，馬勒布朗契的其中一個頭目利比科古如彗星般登場，填補了離職者的空缺。

真奧和蘆屋，在之前去救被囚禁在安特．伊蘇拉東大陸的惠美時，就已經開始推動讓惡魔們一點一點地移民到安特．伊蘇拉的計畫。

安特．伊蘇拉東大陸的霸者，艾夫薩汗的統一蒼帝；北大陸的精神支柱，「圍欄之長」迪恩．德姆．烏魯斯；南大陸軍事平衡的關鍵，戰士之國瓦修拉馬的戰士長拉吉德．拉茲．萊昂——蘆屋在替滅神之戰做準備的同時，也接連與這些安特．伊蘇拉的有力人士締結了祕密協定。

讓利比科古去當麥丹勞的員工，背後也是為了讓他成為移民人類社會的惡魔們的里程碑。

儘管利比科古表現得非常順從，他來日本打工這件事仍讓惠美難掩不安，惠美下定決心要早點替滅神之戰做個了斷，但安特．伊蘇拉目前的狀況可說是完全不能大意。

大法神教會的教會騎士團，準備對中央大陸發起名為「聖征」的大規模遠征，明明時限正一步步逼近，惠美等人卻陷入無法釐清天界勢力真面目的狀況。

再加上進攻天界的關鍵之一，擁有「大魔王撒旦的遺產」的古代惡魔基納納變得衰弱，讓不安的要素持續增加。

當然除了安特．伊蘇拉的人類以外，也必須極力避免魔王軍出現犧牲，所以為了盡快消除

不安要素，以及釐清天界勢力的狀況，漆原和萊拉帶著基納納，經由北大陸前往位於中央大陸的魔王城。

從北大陸最南端的威蘭德．伊薩搭船，到位於中央大陸北端的諾斯．夸塔斯的這段期間，不擅長搭乘交通工具的漆原嚴重暈船，並以此為契機想起了古老的記憶。

據本人所言，那段記憶似乎與天界勢力的祕密，以及大魔王撒旦的遺產有很大的關連……

※

在溫暖的春日陽光照耀下，千穗用力做了個深呼吸。

千穗輕輕抱住裝著這三樣東西的洗衣店紙袋，穿過已經往返無數次的自動門。

襯衫、裙子和員工帽。

「歡迎光臨……啊！」

從櫃檯裡傳出男性粗厚的聲音，聲音的主人立刻發現千穗，輕輕朝她行了一禮。

千穗用力踩在擦得亮晶晶的地板上，一步一步地前進，她抬頭看向穿著好像有點太緊的紅色員工制服的「後輩」高大的軀體，開口問道。

「岩城店長來了嗎？」

「嗯。她在店長室。」

「這樣啊。」

千穗點了一下頭後，有些困惑地左顧右盼。

「……怎麼了？妳不可能不知道員工間在哪裡吧。」

「啊，嗯，是這樣沒錯。」

「後輩」以可說是傲慢的語氣說道，讓千穗露出苦笑。

千穗瞄向位於廚房深處、從櫃檯也能隱約看見的日曆。

「我從今天開始就是外人了，所以擅自進去好像不太好。」

「……原來妳是在介意這種無聊的事情。」

千穗似乎早就料到對方會這麼說。

「利比科古先生，這對我來說很重要。」

千穗喊出後輩的名字後，誇張地聳了聳肩。

日曆上顯示今天是五月一日。

千穗是在昨天，也就是四月三十日辭去麥丹勞幡之谷站前店員工的職務。

「畢竟這是我第一次辭職。而前輩也不可能在研修時教我這種事，所以我不曉得該怎麼辦才好。」

「昨天和今天應該沒什麼差別吧。又不是張了結界。」

「人類的結界是在心裡啦……啊。」

就在這時候，話題中的岩城店長，從千穗直到昨天為止都還正常出入的門裡走了出來。

岩城也馬上就發現千穗，她大大的眼鏡後面的眼神流露出一絲落寞，但還是微笑地朝千穗招手。

「不好意思，打擾你了。」

千穗低頭朝利比科古行了一禮後，就跑去找岩城。

兩人稍微交談了一會兒，接著千穗就被岩城帶進了員工間。

利比科古看著兩人走進房間——

「真搞不懂……」

疑惑地活動了一下脖子——

「歡迎光臨！」

但他馬上就對自動門開啟的聲音產生反應，朝新來的客人露出在經歷了將近三個星期的研修後已經變得有模有樣，即使長相凶悍仍讓人覺得討喜的笑容。

「好的，我確實收到了。」

岩城簡單檢查過千穗帶來的整套制服後，點頭說道。

「可是，我沒想到妳真的隔天就拿來還了。明明等連假結束後再還也可以。」

「如果我離職後馬上有人來應徵，就會少一套制服吧？我聽說利比科古先生那時候是因為沒有制服，才無法馬上來上班。」

「利比的狀況是例外。應該沒有分店會常備符合他體格的制服吧。」

岩城笑著說完後，不知為何將千穗交給她的制服連同袋子一起放在置物櫃上。

千穗本來以為岩城會將制服收進某個架子或櫃子裡，所以驚訝地稍微睜大眼睛，岩城露出有點像是在惡作劇的表情，低聲說道：

「因為這是佐佐木小姐的制服。」

「咦？」

「等妳順利升學，大學生活也穩定下來後，請務必回來復職。」

察覺岩城的意圖後，千穗笑著回答：

「可以的話，我也想再回來，但我聽說成為大學生後，會有許多時薪更好的打工，而且我從下個星期開始就要上補習班，或許會忙著念書，把工作都忘光了。」

「如果是佐佐木小姐，一定不會有問題。當然，我也不會小家子氣到要妳再領一次實習的

薪水，會直接讓妳從A級員工開始！」

儘管語氣輕鬆，但岩城一定是真的很珍惜千穗這個員工。

「對了，妳要把這個帶回去嗎？」

岩城拿出記載了「ＣＨＩＨＯ　ＳＡＳＡＫＩ」這個名字的麥丹勞・咖啡師在籍證書。

這原本是掛在二樓的MdCafe櫃檯後面，大概是在千穗離職後拿下來的吧。

雖然千穗本人完全忘了這個證書的存在，但像這樣看見印有自己姓名的「證明」後，這一年來在這間店累積的回憶就一口氣湧了出來，讓她心頭一暖。

「我可以帶回去嗎？」

「當然。因為這是妳的東西。」

儘管平常都有好好打掃，證書的框上仍沾了一點灰塵，但如今就連那些灰塵都讓千穗感到憐愛，她將麥丹勞・咖啡師的證書收進自己帶來的包包裡。

只要是麥丹勞的員工，都能在上過短期間的講座後，獲得「麥丹勞・咖啡師」的稱號，所以這原本只是一種輕易就能取得的公司內資格。

不過千穗的人生在這一年裡接連經歷了許多動盪，對她來說，這個稱號可說是完全象徵了她的未來。

千穗用力吸了口氣後，端正姿勢行了一禮。

「這一年來，我受到這間店很多照顧，真的是非常感謝。」

「我才要向妳道謝……雖然由剛上任的我來講也有點奇怪，不過妳和妳留下的東西，無疑都是這間店珍貴的財產。隨時都歡迎妳再來玩。當然也非常歡迎妳復職喔。」

「我會好好考慮。」

經過這段成熟的對話後，佐佐木千穗總算在真正的意義上，完成了這一年來最後的工作。

千穗回到家後，在書桌上找了個顯眼的地方擺設麥丹勞·咖啡師的在籍證書，然後用力吐了口氣，眺望已經整理過的書桌。

從今天開始，這裡就是自己的戰場。

不是魔王與其部下居住的公寓，也不是魔王和勇者一起工作的速食店，更不是聖十字大陸所在的異世界。

身為活在日本的高中三年級生，自己應該在這裡戰鬥。

當然身為活在日本的高中三年級生，還要特地像這樣下定決心本身就是件奇怪的事，但千穗早就不在意這種事了。

千穗激勵完自己後，稍微吐了口氣，從書桌抽屜裡拿出補習班的教科書。

在確定辭職的日期前，千穗就已經報好了補習班。

不過以現今的社會狀況來說，從高三的五月才開始正式準備考試，實在是有點太晚了。

另外，雖然千穗在學校的定期考試表現得還不錯，但如果認為這樣就能在準備考試的過程中占據優勢，接下來一定會栽跟斗。

尤其周圍的大人都對千穗抱持著幾近「確信」的期待，千穗本人也很想回應他們的期待。

所以千穗無法用隨便的心態面對考試，她或許也是為此才覺得必須刻意斬斷與那些重要的安特．伊蘇拉人的聯繫。

這將會變成一場嚴峻的戰鬥。

但現在不是哀嘆的時候。

即使魔王軍與勇者的夥伴們裡有許多厲害的人，也不可能會有人了解日本的大學考試。

她無法向任何人撒嬌。

就在千穗從麥丹勞幡之谷站前店離職，準備踏上名為「大學考試」的激戰舞臺時。

「……嗯？」

包包裡的手機響了。

雖然千穗才剛鼓起幹勁就遭遇了挫折，但就算向打電話的人抱怨也沒用。

她連忙從包包裡拿出粉紅色的摺疊式手機打開，然後發現上面顯示出一個令人意外的名字。

那是原本應該極力避免聯絡的對象。

但不知為何，那真的是一通普通的「電話」。

而不是千穗平常用來和異世界的朋友聯繫的遠距離通訊法術「概念收發（idea-link）」。

換句話說，來電者目前正在日本境內。

「喂，鈴乃小姐？怎麼了嗎？妳該不會人在日本吧？」

安特・伊蘇拉最多人信仰的宗教——大法神教會的高位聖職者鎌月鈴乃，現在應該正待在大法神教會的大本營聖・因古諾雷德，利用自己的職位從外側支援「魔王軍」的行動才對。

而且為了不讓安特・伊蘇拉的人類察覺魔王軍真正的目的，鈴乃應該要盡可能避免與魔王軍的相關人士聯絡。

尤其千穗又自己下定決心，在準備考試的事情上軌道前，要極力避免與魔王軍的情勢扯上關係，就連最後和真奧與惠美一起打工的那段期間，他們都刻意不提起安特・伊蘇拉的話題。

所以即使利比科古從幾個星期前就來到日本，換漆原和萊拉帶著基納納前往安特・伊蘇拉，千穗也完全不曉得他們在那邊做什麼，或是真奧收到了哪些情報。

在這樣的狀況下，理應在安特・伊蘇拉妨礙教會的鈴乃，居然在日本國內打電話給千穗。

這讓千穗心裡只有不好的預感。

「難道是安特・伊蘇拉那裡發生了什麼不得了的事情……」

『嗯……確實很不得了。』

鈴乃的聲音聽起來毫無霸氣，不難想像她現在的表情一定非常蒼白。

「不、不得了……該不會是魔王城發生了什麼事吧？還是漆原先生在哪裡遇難，或是萊拉小姐被基納納先生吃掉了？」

千穗一鼓作氣說出對漆原和萊拉很失禮的話，但鈴乃完全沒有吐槽。

『不，那個，其實當事人是我。』

『我明明什麼都沒做，結果卻升官了。』

雖然千穗根據現狀想出了幾個不妙的狀況，但鈴乃的回答徹底出乎她的預料。

「……咦？」

『我……升官了。』

「咦？升官？鈴乃小姐，妳到底在說什麼？能不能說得再好懂一點……話說妳目前人在哪裡？」

『我在公寓的二〇二號室。』

這個一如往常但現在不太恰當的回答，讓千穗頭暈了一下。

『我馬上就得趕回安特・伊蘇拉，只是想先親自將這個事實告訴別人……不過現在這個時間，魔王和艾米莉亞可能都還在上班，對不起，明明千穗小姐也正忙著準備考試……』

鈴乃似乎相當動搖。

「沒關係啦！我現在也沒特別在做什麼！比起這個，到底發生了什麼事？請妳先深呼吸一下，再好好說明！」

千穗可以說是第一次看見鈴乃表現得如此困惑，雖然她也不曉得該怎麼辦才好，但鈴乃如此回答：

『我當上了大神官……』

千穗花了幾秒鐘的時間消化這個名詞後，才總算理解事情的重大性。

「咦？」

然後，她驚訝地大喊：

「大、大神官，是指大法神教會的嗎？有六個人，地位最高的那個？」

『……就是那個。』

這一年裡發生的混亂，讓大法神教會的最高決策機關「六大神官」出現了兩個空缺。

在安特．伊蘇拉，大法神教會正在主導一場以中央大陸的魔王城為目標的事業，打算發動一場討伐邪惡的「聖征」。

為了千穗他們這些魔王軍的目的，有必要盡可能拖延聖征的腳步，鈴乃應該就是在處理這

方面的工作，所以如果是妨礙行動曝光並因此遭到處罰，那倒還能理解，為什麼鈴乃反而升官了呢？

一旦成為教會的最高負責人，就會持續受到眾人關注，再也無法像現在這樣自由行動。

若鈴乃的自由受到限制，將會對魔王軍造成沉重的打擊，但即使不考慮這點，鈴乃的樣子還是很奇怪。

千穗知道鈴乃不只是個優秀的戰士，還是個厲害的策略家兼政治家。

若是平常的鈴乃，甚至會反過來利用這個狀況，和艾美拉達與盧馬克一起擬定什麼計策。

然而她現在卻顯得如此狼狽，所以千穗覺得除了突然被任命為大神官以外，應該還發生了什麼事情。

「請妳等我一下，我現在立刻去公寓找妳。」

『……嗯。如果只有我一個人，可能沒辦法應付這個狀況。』

覺得情況非同小可的千穗，顧不得自己才剛回到家，馬上又打理一下衝出房間。

千穗的腦中，不知為何開始浮現出平常總是表現得非常堅強的鈴乃，孤伶伶地癱坐在沒開燈的公寓房間裡的榻榻米上的身影。

如果這時候不能趕過去，那還算什麼朋友。

不過，在千穗奔跑時隱約飄進她耳裡的鈴乃聲音，道出一個讓千穗陷入極度混亂的事實。

『不僅如此……我還被任命為這次聖征的總司令官。』

「…………………咦？」

鈴乃，是聖征的司令官。

這不就表示鈴乃近期之內，將與率領安特·伊蘇拉中央大陸的魔王軍的蘆屋戰鬥嗎？

千穗瞬間覺得這好像跟平常沒什麼差別，但馬上就想起這次的戰鬥不是發生在Villa·Rosa笹塚的公共走廊，而是將在安特·伊蘇拉的大地奪走許多生命的戰爭，讓她連忙用力搖頭。

『……怎麼辦？』

「我也不知道……」

鈴乃如此嘆道，但千穗也不曉得該怎麼回答。

※

「直接辭退不就好了。」

真奧直截了當地對著看起來比平常還嬌小的鈴乃說道。

「……魔王大人，這樣講會不會太不負責任了。」

而認真反駁這段發言的人，則是剛下班的利比科古。

「雖然名叫大法神教會，但我們不是比誰都清楚安特．伊蘇拉根本就沒有神嗎？」

「……魔王大人，所謂的宗教並沒有那麼單純。」

「呃，不過鈴乃不可能現在還會怕升官這種小事吧。」

「……大概是背後有許多我們無法想像的麻煩事吧。」

「從剛才開始，就一直是利比科古講的話比較有道理呢。」

惠美傻眼地說道。

「如果能辭退，我當然也想辭退。大神官與主教，不論是權力或責任都完全不同。」

看起來十分沮喪的鈴乃，一反常態地說出這樣的喪氣話。

「不過真要說起來，為什麼鈴乃小姐會升官啊？妳不是什麼都沒做嗎？」

雖然千穗的問題聽起來就像平常用來罵漆原的話，但因為都是事實，所以鈴乃輕輕點頭回答：

「該怎麼說才好，總之就是一切都進行得太順利……」

按照鈴乃的說法，她一回到大法神教會的大本營，就以可說是過於認真的態度準備聖征，結果讓各方面的業務都陷入停滯。

她花費許多時間審核，綿密地進行訂教審議，偶爾還會假借諮詢神學家的名義到各個聖地旅行，讓訂教審議的業務停擺好幾天，或是以要向信徒們宣傳為由四處徵調人員，拖延各個局

處的業務……

所以某一天被六大神官的實質領導者賽凡提斯．雷伯力茲傳喚時，鈴乃還以為自己會因為工作進度延遲遭到責備。

鈴乃本來打算認真說明各項業務的必要性，結果卻收到了自己將被特例授秩為大神官的通知。

「不過還剩下四個大神官吧？雖然除了賽凡提斯以外，剩下三個都是老人，該不會是因為懷疑妳，所以才想把妳留在身邊監視吧？」

「有、有人欺負妳嗎？」

惠美表情嚴肅地問完後，千穗也跟著想像鈴乃被其他大神官欺負的畫面。

但鈴乃也否定了這個說法。

「我剛才也說過……是因為一切都進行得太順利了……該怎麼說才好，不論是我私底下和魔王軍串通，還是在不好的意義上和艾美拉達與迪恩．德姆．烏魯斯大人有所勾結的事情都沒被發現……所以才會這樣。」

鈴乃眼神空洞地說道。

「前陣子，為了配合北大陸的聖征事業，建立一個物資與人員的大型集散地，賽札爾大神官前往威蘭德．伊薩進行交涉。北方派出的代表是迪恩．德姆．烏魯斯大人，唉，雖然是理所當然的結果，但賽札爾大神官覺得很難從她那裡得到令人滿意的答覆。」

儘管這是因為魔王軍和迪恩．德姆．烏魯斯之間的協定，但問題是出在後面。

賽札爾大神官覺得這場交涉會拖延很久，而他身上原本就背負著許多沉重的業務。

如果一直把時間花在難以預測的交涉上，在確保物流以外的部分，或許又會產生新麻煩。

於是四位大神官最後做出「只要增加人手就能解決問題」的結論，決定選出新的大神官。

「賽凡提斯大人對我說『訂教審議的準備會這麼慢，還有事前必須進行多餘的疏通，都是因為妳的位階太低了』。」

鈴乃兩眼無光地看著二〇一號室的榻榻米縫隙。

「不過，主教的地位已經算很高了吧？」

面對惠美的問題，鈴乃有些猶豫地點頭。

「然而，在主教當中還是有所謂的階級。」

鎌月鈴乃亦即克莉絲提亞．貝爾是訂教審議會的負責人，並擁有主教的職稱，因此在聖職者中的地位絕對不算低，但她其實只是沒有主教座堂的「名義主教」。

所謂的主教座堂，就相當於聖職者的領地，擁有主教座堂的「教區主教」和只有地位的名義主教之間，有非常明顯的身分差距。

「而且在教會組織中，有許多人仇視訂教審議會。畢竟原本是異端審判會，所以在人性面

上原本就很容易被討厭，再加上我們又會以訂教的名義，強迫聖職者們肅正綱紀，因此經常被視為眼中釘。」

「教會明明是人類倫理的支柱，居然會討厭肅正綱紀，這也太矛盾了。」

鈴乃以苦笑回應真奧對人類全體的諷刺。

「而且……為了減少事後的麻煩，四位大神官決定以全體通過的方式，提拔我為大神官……一旦被內定為大神官，實質上就會擁有同等的權威，他們要我之後利用這個立場，強硬地推動各項事務。唉，事情大概就是這樣。」

賽凡提斯似乎還對鈴乃這麼說了。

鈴乃與在這次的聖征中扮演重要角色的聖．埃雷高官關係非常親近。

只要有大神官的頭銜，在外交交涉方面的手續就會變得簡便許多，對手的應對方式也會跟著改變。

進一步而言，考慮到克莉絲提亞．貝爾大神官在異端審判會亦即訂教審議會的業績，之後她將繼承奧爾巴．梅亞的位子，負責掌管外交．傳教部。

她原本就是奧爾巴底下的現任訂教審議官，讓備受期待的新人以這種特例的方式升官，正好也能修復教會被奧爾巴敗壞的名聲，改善訂教審議會給人的印象。

再加上北大陸的航路，被認為是最有力的聖征路線。

關於最近在北大陸最重要的政治集會支爾格現場發生的奇蹟，聖・埃雷當時不僅與「圍欄之長」迪恩・德姆・烏魯斯接觸，還獲得了不錯的反應。

所以其他大神官都希望鈴乃能運用自身的人脈，推動與聖・埃雷和迪恩・德姆・烏魯斯的交涉。

賽札爾一提出這樣的提案，剩下的賽凡提斯、摩洛和巴帝古利斯就馬上跟著附議了。

「……」

「欸……」

「……那樣的話。」

「真慘啊。」

鈴乃的告白，讓真奧、千穗、惠美和利比科古都只能感到驚訝。

畢竟對在場的這些人來說，賽札爾現在才講這種話未免也「太晚了」。

「……我以後到底該拿什麼臉去見艾美拉達小姐和盧馬克將軍啊。」

鈴乃以後必須以教會代表的身分，奔波於各個與聖征有關的地區。

雖然從官方的角度來看，她必須和艾美拉達與迪恩・德姆・烏魯斯進行會談，但她們私底下早就已經認識很久並累積了深厚的情誼……

「之後一定會被念很久吧……一想到之後三不五時就會被艾美拉達小姐抱怨我事情處理得

不夠好，我整個人都憂鬱起來了……」

儘管完全無法否定鈴乃的說法，但她真的會因為這種事情就變得這麼憂鬱嗎？

「啊。」

此時，注意到某件事的千穗，向鈴乃問道：

「那、那個，鈴乃小姐，妳到底是從『哪裡』回來的啊？」

「……唉。」

鈴乃輕輕嘆了口氣後，開口回答：

「我是從『山羊圍欄』回來的。」

千穗從這句話裡察覺到一件事。

「……該不會，妳已經被里德姆奶奶……」

「我沒想到自己都活到這把年紀了，還會被人罵到哭。」

「……啊。」

山羊圍欄，菲恩施。

那裡是安特．伊蘇拉北大陸的中心都市，同時也是當地人的精神支柱。

看來鈴乃已經被山羊圍欄的主人迪恩．德姆．烏魯斯教訓過一頓了。

反過來講，正因為鈴乃現在被認為是待在北大陸，所以她才能傷心地回到日本。

「妳什麼時候得回去？」

「今天晚上……我謊稱自己身體有點不舒服，要窩在他們分配給我的執政廳宿舍裡。不過還有很多授秩的手續和儀式要處理，所以我明天必須回教會總部一趟。」

鈴乃看起來真的很不想回去，但還是不得不回去。

「雖然時間還有點早，但我們去吃烏龍麵吧！我們一起去烏龍麵店，商量之後該怎麼辦吧！」

「……嗯。」

鈴乃像隻已經認定千穗是母親的小鴨般，搖搖晃晃地跟在她後面離開，真奧、惠美和利比科古見狀，不自覺地互望彼此一眼。

「……唉，大概是要陪她一起吃飯，順便聽她吐苦水吧？」

「偶爾這樣是沒什麼關係，但我不覺得光靠華丸烏龍麵就能讓她恢復心情。」

即使看在真奧等人的眼裡，鈴乃現在也是相當憔悴。

在這樣的情況下，真奧、惠美和利比科古，一起看向二〇一號室的日曆。

五月一日。

魔王城預定在七月啟程前往月亮，所以還剩下兩個月。

「或許這狀況意外地不妙。」

※

「喂，艾美拉達，妳聽說了嗎？」

「……妳是指貝爾小姐的事吧～？我當然有聽說～」

在聖・埃雷皇都伊雷涅姆的法術監理院的院長室內，艾美拉達看著海瑟・盧馬克一臉凝重地衝進房間。

「現在狀況如何！」

「接近目前所想得到最壞的狀況呢～」

艾美拉達全力皺起嬌小額頭上的眉尖，低頭說道。

「該不會是克莉絲提亞・貝爾與我們有所勾結的事情，或是她與魔王等人的關係敗露，才會被威脅這麼做吧。」

站在盧馬克等人的立場，會這麼想也無可奈何，但艾美拉達搖頭回答：

「大神官的授秩禮可不是能夠隨便用在這種事情上的儀式～畢竟在等遞補的主教和樞機主教可是多得和山一樣～她原本只是名義主教～按照過去的慣例根本就不可能當上大神官～」

「雖然還沒正式公開，但已經在全國上下都掀起了大騷動。她是聖．埃雷出身嗎？」

「我沒聽說過這件事～就算調查也找不到資料～真後悔以前沒跟本人確認過～她原本就是異端審判會出身～所以經歷都被隱藏起來了～～」

六大神官實質握有的權力，甚至有可能在西大陸諸國的國王之上。

所以對大法神教會的信徒們來說，新的大神官「是哪個國家出身」這點非常重要。

之前去世的羅貝迪歐．伊古諾．瓦倫蒂亞，是出身於西大陸南部的小國。

明明是小國出身的聖職者，卻一路爬到舉世聞名的大法神教會信徒的頂點，他的成功傳記，已經被當成一項神聖事蹟為信徒們所熟知。

當然賽凡提斯、摩洛、巴帝古利斯和奧爾巴在他們出身的國家，也都被視為偉人，甚至還有國家將本國出身的聖職者被授秩為大神官的日子訂為節慶日。

「賽凡提斯他們～大概是認真地想以聖職者的身分發動這次的聖征～～」

「……認真……」

「宗教的指導者原本就必須對俗世的政治與經濟有一定程度的了解～～所以他們就算懷抱著信仰～～也不會像地方的聖職者那樣極端地認為『神是絕對的』～～」

「唉，說得也是。像賽凡提斯與其當個聖職者，不如讓他去當騎士團長還比較有用。」

「不過～～之前的聖夢似乎對他們造成很大的衝擊～～他們青澀又純粹的信仰心原本應該

已經在爬上充滿妖魔鬼怪的教會頂點時凍結～～但現在又重新被燃起了～～」

艾美拉達姑且也算是大法神教會的信徒，但講起話來還是毫不留情。

「貝爾小姐的授秩禮也是其中一環～～對信徒與平民來說～～那也已經成了足以媲美英雄傳奇的美談～～」

艾美拉達用雙手托著下巴，沒勁地繼續說道。

「不是因為身為教區主教或名義主教……而是因為透過異端審判會和訂教審議會的活動鍛鍊出來的外交、傳教實力獲得認同才被任用……由年輕貌美的新大神官領軍的史上最大聖征……這不管怎麼看都是神聖事蹟的調調吧～～那些傢伙是認真的喔～～他們真的打算靠這場聖征奪取這個世界喔～～」

儘管利用教會的神聖性質做掩護，但客觀來看，這無非就只是以西大陸為主戰力，入侵中央大陸。

只不過因為是教會主導的「聖征」，所以人們才會擅自認為教會根本就沒有打算侵占領土。

實際上，教會騎士團就算打下中央大陸的魔王城，也不會真的鎮壓舊伊蘇拉．聖特洛和東西南北各都市的領土吧。

不過——

「無論如何，教會的功績都會永遠留存下來吧。」

「沒錯～～這都要怪盧馬克你們太拖拖拉拉～～」

艾美拉達噘起嘴巴向盧馬克抱怨，後者也立刻反駁：

「現在是說這個的時候嗎？如果真的要這樣講，那只要當初魔王他們沒有來攻打這裡就不會有事了吧。快點派軍隊去異世界日本把艾米莉亞帶回來啦。」

「噗～～」

艾美拉達似乎也料到盧馬克會這樣反駁，所以沒有繼續說下去。

前面所說的「盧馬克你們」，簡單來講就是在魔王軍潰敗後仍一直留在中央大陸的五大陸聯合騎士團。

早在八巾騎士團因為東大陸的動亂退出之前，五大陸聯合騎士團就因為牽涉到各國各大陸之間複雜的利益糾紛，而稱不上是一個團結的組織。

相較於規模，這個集團的效率可以說是相當低落，甚至讓盧馬克好幾次都想辭掉統帥的工作。

儘管他們姑且身負替中央大陸倖存的各個都市與王國重建公共設施和維持治安的責任，但當初建立這個組織的目的，其實是為了拆除魔王城，而這方面的工程完全沒有任何進展。

在倖存的四大行政都市當中，韋斯·夸塔斯的機能和人口都還沒恢復到過去的一半，但諾

斯．夸塔斯的復興已經大致完成，讓五大陸聯合騎士團沒理由繼續留在那裡。

或許是因為在意東大陸艾夫薩汗帝國的反應，東邊的伊亞．夸塔斯莫名地想和五大陸聯合騎士團保持距離，然而沙薩．夸塔斯卻和參加了聯合騎士團的南大陸哈倫宗家國維持密切的關係，與另外三座都市非常合不來。

在這樣的狀況下，若大法神教會打著明確的大義名分，在中央大陸的正中央插下自己的旗幟會發生什麼事？

中央大陸目前根本就沒有任何行政都市或國家，擁有能夠和教會騎士團抗衡的獨立勢力。和伊蘇拉．聖特洛還建在時相比，中央大陸現在可說是一盤散沙，當地的人們也對這個狀況感到非常擔憂。

這樣下去，成功完成聖征的大法神教會騎士團，將會成為實際讓魔王軍戰役落幕的功臣，直接在中央大陸建立新的伊蘇拉．聖特洛。

伊蘇拉．聖特洛原本就不擁戴君主，主要是依靠自由經濟繁榮，所以之後應該會被當成神之軍隊驅逐魔王軍的聖地，變成大法神教會的城市吧。

「不過，雖然魔王他們現在確實是在那裡，但那裡並沒有教會想像的那種來路不明的邪惡存在吧。到底要怎麼判斷『聖征』是否『成功』。」

「就算沒有可以打倒的敵人也無所謂……最簡單的方法就是拆除魔王城吧～～？這麼一來

就能消除邪惡的痕跡～完成連五大陸聯合騎士團都做不到的悲壯心願～讓他們能夠主張人類親手取回了伊蘇拉．聖特洛～教會騎士團原本就有六成的人員是比起戰鬥～更擅長建設與農業的專家～對他們來說～光是能夠順利出發～就已經達成了九成的目的吧～」

聖征絕對不可能「失敗」。

因為最終目的是「彰顯神的威光」，所以無論造成多少犧牲，或是浪費了多少錢，在發起的時候就已經「成功」了。

當然如果能獲得與揭示的大義相符的成果會更好，所以這次的聖征也有一個明確的目的地，那就是現在已經變得空蕩蕩，但全世界無人不知的魔王城。

在魔王軍撤退後，這個世界已經沒有能夠公開質疑這場聖征正當性的反抗勢力，對大法神教會來說，再也沒有比這更輕鬆的狀況。

「唯一令人在意的……就只有明知道這場聖征將大獲成功～為什麼他們還要把總司令官這個榮譽的位子讓給貝爾～」

「大概是打算讓她背負像艾米莉亞那樣的責任吧。」

「不……這次並沒有像魔王撒旦那樣容易理解又確實存在的敵人～雖然賽凡提斯以外的三個大神官都年事已高～但總司令官又不需要親自戰鬥～應該沒理由把這個表現機會讓給新加入的小姑娘～……」

艾美拉達說完後就陷入沉思，盧馬克見狀也跟著嘆了口氣。

「反正無論如何，既然出現了新的大神官，聖．埃雷也無法在一旁默默觀看。作為聖征的前夜祭，應該會在聖．因古諾雷德舉辦盛大的授秩禮，另外也會把和她有關連的地方，編進聖征的行進路線裡吧。我們這邊的計畫在各方面也都必須重新修改。喂，如果妳很閒的話，今天的內閣會議結束後記得來找我……」

就在盧馬克邀約艾美拉達時，有人用力敲了辦公室的門。

盧馬克連忙閉上嘴巴，至於艾美拉達——

「吵死了～～到底有什麼事～～」

則是放聲斥責敲門的人。

「非、非常抱歉。從北大陸那裡傳來了緊急通知……！」

從門後出現一位男法術士，他是艾美拉達從部下裡選出的滅神之戰成員。

艾美拉達和盧馬克一看見他的表情，就不知為何有股不祥的預感，心情也跟著變沉重。

「北大陸？是迪恩．德姆．烏魯斯大人嗎？」

盧馬克一問，男法術士就警戒著周圍，輕輕關上門點頭。

「兩、兩位知道克莉絲提亞．貝爾主教的事情嗎……」

「有聽說，我們正在討論這件事。」

「貝爾小姐怎麼了嗎～……？」

「其實貝爾主教現在人似乎在菲恩施，關於這件事有項重要情報必須通知艾美拉達院長，所以才會輾轉透過迪恩・德姆・烏魯斯大人、法爾法雷洛大人和亞威姆・威蘭德大人，緊急將消息送來這裡……」

「我心裡……只有不祥的預感呢～」

就連艾美拉達也擺出難看的臉色。

考慮到傳遞消息的那些人的身分，這不管怎麼想都是最高等級的機密情報，而且不可能是好消息。

艾美拉達收下文件後，用大大的眼睛瀏覽了幾分鐘。

然後突然大叫。

「騙人的吧啊啊啊啊啊啊啊啊？貝爾小姐這個笨蛋啊啊啊啊啊啊啊啊！」

「怎、怎麼了？」

艾美拉達接近慘叫的聲音，讓盧馬克和男法術士都嚇了一大跳。

「這不是真的這不是真的，怎麼會有這麼過分的事情？這不可能吧？」

「怎、怎麼了？那上面到底寫了什麼！」

「糟透了！這是目前所想得到最糟糕的狀況！這不僅是貝爾小姐的失誤，就算說她這個人

根本不該存在也不為過了！那個烏龍麵狂，這麼重要的事情為什麼沒有早點告訴我們！」

「烏龍麵……那是什麼？」

「妳看這個！」

艾美拉達非常難得地直接開口辱罵別人，盧馬克在驚訝的同時，也跟著將視線移到文件上，看向艾美拉達所指的部分。

然後，她也馬上板起臉低喃：

「…………這、這是……」

「吶?很過分對吧？」

「唔……在這個狀況下確實很不妙……但、但這也不是她本人能夠控制的事情……既然不是她的錯，那也不好責備她……」

「前提是她在事情變成這樣前，就有告訴我們！妳以為我都跟她認識幾個月了！這種事情，希望她一開始就能先告訴我！這樣或許我們一開始就能採取其他的方法！現在一切都已經變得無法挽回了吧！我們至今的努力全都化為泡影了！」

「可、可是先不說我們，她本人一定也沒料到自己會突然從名義主教變成大神官……」

「只要辭退就行了吧！如果她能放棄妨礙教會，辭掉聖職者的職位，到日本當個烏龍麵師傅順便保護千穗和笹塚的話，事情就不會變成這樣了！」

艾美拉達趁著當事人不在，盡情地破口大罵，但盧馬克也無法責備發脾氣的艾美拉達。

那份文件名義上的發文者是亞威姆．威蘭德，但是內容裡也包含了迪恩．德姆．烏魯斯的訊息。

上面寫著鈴乃已經以密使的身分，到北大陸洽談讓教會騎士團駐留的事情。

以及新大神官克莉絲提亞．貝爾出身的國家，是聖．埃雷這項事實。

她的老家，亦即由她父親掌管的「貝爾主教區」，居然偏偏是位於齊琳茲共和國，那個國家握有西大陸的玄關，港灣都市拉姆瓦瑟。

「我們之前那麼辛苦將人與物資的通路都集中到連結聖．埃雷和拉姆瓦瑟的路線，結果全～～都變成在幫教會的忙了！這樣別說是妨礙了，根本就是在加速進軍！接下來他們去的每一個地方，都會舉辦歡迎新大神官的大遊行喔！這樣教會就算賭一口氣，也一定會堅持從連結聖．埃雷和拉姆瓦瑟的路線進軍！從這條我們原本企圖讓大量物資湧入造成癱瘓的路線！」

「冷靜一點，妳先冷靜下來好嗎？」

「妳要我怎麼冷靜～～……！」

就像充飽的氣球突然洩了氣般，艾美拉達無力地垂下頭癱在辦公桌上。

「不曉得艾米莉亞他們……知不知道這件事……」

「這、這我就不清楚了。」

「不對，艾米莉亞他們人在日本，所以影響不大。問題在於艾謝爾。如果艾謝爾他們不知道這件事，那就無可挽回了。我們至今都只有考慮過經由北大陸，從諾斯・夸塔斯登陸的路線，不過一旦出現與齊琳茲有淵源的新大神官，西大陸的人有可能不惜賭上自己的威信，也要將復興韋斯・夸塔斯這件事排入計畫，確立從西方前往魔王城的路線。雖然剩下兩個月的時間，讓人很難判斷情況會如何發展，但如果教會同時從兩個方向進軍，他們的先遣隊就有可能與魔王軍接觸。目前的狀況真的很不妙！盧馬克小姐，我們快點來討論對策吧！」

艾美拉達一看完密函，講話就變得十分清楚，可見她現在有多麼焦急。

若教會騎士團的先遣隊與魔王軍接觸，要擔心的問題可不只是真奧等人會無法達成目的。

艾美拉達、盧馬克、鈴乃，以及後來加入的迪恩・德姆・烏魯斯的部下曾暗中與魔王軍接觸的事實，或許會因此曝光。

這麼一來，事情就不再只是魔王軍和教會騎士團之間的戰鬥。

聖・埃雷和北大陸也會陷入大混亂。

在最壞的情況下，世界將因此分裂。

「……雖然聽說那個人正面臨重要的時期……但事關西大陸和北大陸的未來，也只能出此下策了。」

「什麼意思?那是什麼?」

盧馬克在看見艾美拉達從辦公桌抽屜拿出一個手掌大小的黃色板子後，困惑地問道。

「咦，盧馬克小姐沒看過這個嗎？」

艾美拉達一臉嚴肅，開始用纖細的指尖撫摸板子的表面。

「這是我們的祕技，然後這是艾米莉亞新買給我的最新機種。」

晚上九點。

用新烏龍麵店的烏龍麵安慰完傷心的鈴乃後，千穗總算回到書桌前面，踏出準備考試的第一步。

然而，過不到三十分鐘，手機就又響了，讓她皺起眉頭看向螢幕。

「咦？這是……」

確認過顯示的號碼後，千穗發現這次打來的不是電話，而是概念收發(idea-link)。

「……喂？」

『不好意思這麼晚還打電話過來～～日本現在是晚上吧～～？妳方便講電話嗎～～？』

「艾美拉達小姐？嗯，可以。」

千穗發現艾美拉達的聲音聽起來有點疲憊。

然後立刻想到原因。

「該不會是因為鈴……啊，貝爾小姐的事情吧？」

『啊～～妳已經聽說啦～～？』

「嗯，她好像變成了教會地位最高的人……然後被迪恩・德姆・烏魯斯大人狠狠訓了一頓……」

『我也很想教訓她一頓呢～～』

「那、那個，請妳饒了她吧。她本人也沒想到事情會變成這樣。」

『我已經不在意了～～畢竟這也是沒辦法的事～～其實我有件事想拜託千穗小姐～～』

「是的？」

『請問妳有辦法和艾謝爾取得聯絡嗎～～？』

「蘆屋先生嗎？」

『是的～～雖然拜託人在日本的千穗小姐這種事有點奇怪～～但貝爾小姐被授秩為大神官這件事～～其實造成了很大的影響～～』

艾美拉達簡單向千穗說明新的大神官上任，會造成多大的影響。

『必須將正確的情報傳達給艾謝爾～～不然之後或許會招來不必要的麻煩～～』

「聽、聽起來很嚴重呢……那個，漆原先生和萊拉小姐前陣子好像去了中央大陸，但後來沒聽說他們有沒有聯絡……畢竟我最近都沒機會和真奧哥他們說話……」

『路西菲爾啊……妳知道他們是多久以前去的嗎？』

「多久以前？呃，我記得是在木崎小姐離開後不久……所以應該是三個星期以前的事情，已經過了二十天以上吧。」

『二十天以上？』

「艾美拉達小姐？」

『艾伯什麼事都沒告訴我～……唉……真討厭……感覺就像是一直在浪費時間～……』

「有、有這麼嚴重嗎？」

『雖然有一部分是因為我們和貝爾小姐沒有好好配合～但她被升為大神官這件事實在有太多疑點～情況或許比想像中還要危急～很不好意思在妳正忙的時候打擾妳～但事到如今不管是魔王、艾米莉亞還是諾爾德先生都好～可以拜託妳幫忙轉達我剛才提到的那些擔憂……』

千穗拚命忍住不要嘆氣，向人不在這裡的艾美拉達點頭說道。

「我知道了。還是我等一下就用概念收發（idea-link）通知蘆屋先生？這樣應該比較好吧……」

『呃……那樣有點危險～所以最好別這麼做……就像我剛才說的那樣～因為貝爾小姐被授秩為大神官～教會正在緊急重新評估聖征的行程～所以會嚴密地監視中央大陸……萬

一被那附近的先遣隊探測到來自日本的概念收發（idea-link）～～或許會危及到日本……』

「……我知道了。我會找真奧哥他們商量。」

話雖如此，其實千穗也想不出其他的替代方案。

千穗也很清楚就是因為直接和中央大陸的魔王城通訊會很危險，漆原和萊拉才必須踏上旅程。

這麼一來，就必須再找人從北大陸出發，幫忙向其他人傳話。

就目前的狀況來看，那個人應該會是在迪恩・德姆・烏魯斯底下做事的法爾法雷洛。

如果是在北大陸，應該就能使用概念收發（idea-link），而且他原本就是為了這個目的才留在北大陸。

『啊～～可是～～目前還是讓留在迪恩・德姆・烏魯斯大人那裡的馬勒布朗契～～繼續留在北大陸比較好～～』

然而，艾美拉達像是預測到千穗的想法般如此說道。

『迪恩・德姆・烏魯斯大人的立場現在也很微妙～～如果沒有值得信賴的我方護衛待在她身邊～～恐怕會無法確保她的安全～～畢竟現在還猜不透貝爾小姐以外的大神官到底在想什麼～～……』

「……唉……」

『我這邊也會設法和艾謝爾取得聯繫～～但希望日本那邊也能幫忙想辦法聯絡他～～』

「我知道了……」

『那麼～～不好意思打擾了～～！』

掛斷電話後，千穗拿著手機發呆了好一會兒。

然而，世界與命運，還是不肯給這位考生一絲安寧。

「咿咿咿？」

抵在耳邊的手機再次收到訊號，開始震動。

千穗忍不住發出慘叫，然後匆忙撿起剛才弄掉的電話，上面顯示的姓名，讓她這次真的露出不悅的表情。

「………喂。」

『咦，妳的聲音怎麼這麼冷淡？啊，該不會妳剛才在睡覺吧？不好意思，吵醒妳了。』

這道聽起來十分悠哉的聲音，不用想也知道是出自理應正待在安特．伊蘇拉中央大陸的魔王城裡的加百列。

『哎呀，因為有件事必須要通知妳才行。其實我目前人在很深的地底。』

「地底？」

『沒錯。我可是費了不少工夫呢。因為你們說不想被教會騎士團探測到概念收發(idea-link)，所以我特地潛入位於大陸東部的地底湖，在湖底開了個小「門」，再從那裡正常地打電話。這不是

概念收發，而是電話喔。我很厲害吧。』

「喔……」

雖然不曉得到底是哪裡厲害——

「這樣做不會被探測到嗎？」

『比什麼都不做好吧。一般人比較不會去注意地底，這裡也不容易受到「聲納」的干涉……不對，現在不是說這個的時候，其實發生了一件不太妙的事情，所以我才想也通知一下你們那邊會比較好。』

「……唉。」

『有好消息和壞消息……』

「我要生氣囉。先說好消息吧。」

『就算生氣還是願意配合，我不討厭妳這種溫柔喔。這個嘛，好消息是基納納還算滿有精神的，這點先跟妳報告一下。』

「啊，是嗎？真是太好了。」

這無疑是個好消息。

大魔王撒旦的遺產，是讓魔王城起飛的重要要素，所以基納納的生死，可以說是滅神之戰的關鍵。

雖然真奧也對他腦中的記憶抱持期待，但重點還是他喉嚨上的阿斯特拉爾之石。

基納納不僅已經很老，還有嚴重的痴呆，另外還具備了會毫無節制地吸收魔力讓自己巨大化這個危險的性質，但如果繼續讓他留在日本，或許會就這樣衰弱而死，最後真奧他們只好勉為其難地決定，讓漆原和萊拉帶他回安特．伊蘇拉。

在令人不安的要素接連出現的現在，得知他已經恢復精神，確實是讓人鬆了口氣。

但加百列繼續以冷淡的聲音說道。

『然後，壞消息是……他變得太有精神了。』

「……咦？」

『而且他的老人痴呆還是沒好。』

「…………咦？」

千穗花了一點時間，才聽懂加百列的話。

她試著想像了一下那裡發生的狀況後，驚訝地睜大眼睛。

「咦、咦、咦，這樣不會有問題嗎？待在魔王城那裡的人們……！」

『雖然有人受傷，但不會危及性命。』

「已經有人受傷了嗎？」

光是這樣，對千穗來說就是個大問題，但從加百列的口吻來看，事情還不只這樣。

『哎呀，我嚇了一跳呢。沒想到會變得那麼大。』

「到、到底是多大？」

『像特攝電影裡的怪獸那麼大。』

「騙人的吧？」

『我才不會為了騙妳，就特地冒風險打這種電話。』

「你、你、你為什麼還表現得這麼悠哉？加百列先生，你應該要負責保衛魔王城吧？你到底都在幹什麼！」

『艾謝爾和路西菲爾正努力和其他人一起應付基納納，所以最不容易被探測到的我，才有辦法像這樣和日本取得聯繫。不過啊，在這之前發生了一個問題。』

加百列冷淡的聲音，讓千穗開始覺得頭暈。

『那個特攝怪獸，好像被待在南方的沙薩．夸塔斯的五大陸聯合騎士團探測到了。』

「嗯嘎……？」

如果艾美拉達也在場，或許會當場昏倒也不一定。

不對，就連千穗的腦袋都因為這起重大事件變得一片空白。

這件事嚴重的程度，甚至足以讓人暫時忘掉鈴乃當上大神官的事情。

視五大陸聯合騎士團的動向而定，至今累積的一切努力或許會在明天就化為泡影。

『所以我才特地用這種麻煩的方式聯絡妳。不好意思，希望妳能盡快將這件事告訴魔王和艾米莉亞。現在情況可說是一觸即發。』

「我、我知道了！可、可是……」

『嗯？』

「既然如此，為什麼不直接打電話給真奧哥他們……」

『哎呀，仔細想想，我根本就不知道魔王的電話號碼。』

「……那為什麼會知道我的號碼？」

『我之前問艾謝爾的。有人跟我說如果出了什麼事，比起聯絡魔王，不如聯絡佐佐木千穗還比較確實。』

「……這種話到底是誰說的。」

『是誰來著？應該是路西菲爾或萊拉吧。魔王要上班，所以通常不能馬上看手機；但妳已經把打工辭掉了吧，這樣就算人在學校，也會在三小時內看手機；艾米莉亞則是非常討厭我，就算看見我的來電，應該也會先放著不管吧。就這點來說，妳是那種會把討厭我這件事，和其他事情分開看待的類型，而且妳是連繫大家的關鍵，某方面來說，就像經紀人一樣不是嗎？』

「……」

因為無法全盤否定加百列說的話，千穗感覺自己的內心變得愈來愈沉重。

『總之這算是緊急通知，請妳盡快傳達給其他人。這裡的最終判斷，姑且還是由艾謝爾負責，但我可不想事後被艾米莉亞或魔王說閒話。啊，我這邊沒什麼餘力聯絡北方和西方的人，所以他們那邊也拜託你們聯絡啦。對北方和西方使用概念收發（idea-link），應該不會被監聽吧？』

視情況而定，或許有必要立刻回電給艾美拉達也不一定，但千穗這才想起，可以趁現在完成艾美拉達拜託的事情。

「我知道了。那個，加百列先生。」

『嗯？』

「請你幫忙轉達蘆屋先生。鈴乃小姐當上了『六大神官』，這件事好像在北方和西方都掀起了大騷動。艾美拉達小姐非常慌張地打電話給我。」

千穗將西大陸因為鈴乃授秩的事情鬧得沸沸揚揚，以及這樣可能會帶動中央大陸西邊的行政都市韋斯‧夸塔斯復興的情報告訴加百列。

『……喔，感覺又是個會讓艾謝爾胃痛的情報。』

不愧是加百列，他馬上就察覺鈴乃升上大神官會造成什麼影響。

『不過妳果然很受人依賴呢。』

但他這樣回答後，反而讓千穗也胃痛了起來。

『雖然我會幫忙轉達，但我懷疑這裡是否有辦法對應這個狀況。唉，總之妳先幫忙把這裡的危機狀況傳達給其他人。就這樣啦～』

千穗茫然地看著被掛斷的電話，下一個瞬間，真奧就像是故意挑這個時候般打了電話過來，讓千穗反射性地按下通話鍵。

『啊，小千？不好意思突然打電話過來。其實是剛才在烏龍麵店結帳時，妳好像給我太多錢了，所以我想找機會還妳……』

「真奧哥！」

『是、是的？』

千穗不尋常的語氣和魄力，讓電話的另一端傳來真奧端正姿勢的聲音。

「真奧哥……」

『是、是的。』

「如果我沒考上大學……你要負責喔。」

『咦？咦？發、發生什麼事了？』

「……所有人現在立刻給我到二〇一號室集合。」

『咦、咦？』

「遊佐小姐、諾爾德先生、真奧哥和利比科古先生，還有艾契斯都要一起到二〇一號室集合！遊佐小姐由我來打電話給她！真奧哥，請你過來接我！我會在家外面等！就這樣！」

『啊，等……』

千穗無視困惑的真奧，面無表情地用讓人擔心會不會弄壞按鍵的力道操作手機，打電話給惠美。

然後——

「既然已經涉入到這個地步，我當然會盡可能協助大家，但我不能接受大家把我當成你們的祕書或經紀人。我要求改善待遇。」

「真的很抱歉。」

「對不起。」

深夜的二〇一號室裡，真奧和惠美表情複雜地在全新的榻榻米上向千穗下跪。

「大家只是都很倚賴妳的包容力，妳也別太責備他們。」

再也無法忍受的千穗生氣地說道，雖然利比科古試著安撫她，但千穗仍不肯罷休。

「我好歹也是下了很大的決心，才辭掉麥丹勞的打工。為了不讓自己迷惘，我從辭職前就開始上補習班！這是因為我認為沒有戰鬥能力的自己，在真奧哥你們接下來的戰鬥中派不上用場，就算說想幫忙也只是不自量力。結果沒想到大家遇到麻煩時，都不去找真奧哥或遊佐小姐，反而先打電話給我！」

隨著支爾格結束，在奪回亞多拉瑪雷克魔槍的計畫當中扮演重要角色的千穗，也完成了她的任務，因此千穗決定離開讓她遇見真奧的麥丹勞幡之谷站前店這個無可取代的場所，讓自己遠離真奧他們的戰鬥，結果事情卻變成現在這樣。

明明這些全都不是千穗有辦法解決的問題。

但不知為何，每個人都選擇打電話給她。

「這表示千穗就是這麼可靠啊。」

與諾爾德一起來到這裡的艾契斯，輕率地說出和加百列差不多的話。

「我懂。千穗給人一種什麼都能夠接受的感覺。」

伊洛恩一臉認真地表示贊同。

「我一點都不可靠，也無法接受所有的事。」

「大家並不是真的希望千穗能幫忙解決問題，但只要和別人談過，就能讓自己冷靜下來吧？千穗的聲音很讓人安心，該怎麼形容才好，就像是大家的媽媽唔唔唔唔！」

「艾契斯、伊洛恩，說到這裡就好了。」

艾契斯和伊洛恩應該都覺得自己是在稱讚千穗，但諾爾德明白千穗想說的並不是這些，所以封住兩人的嘴巴。

「總之現在狀況非常嚴峻。五大陸聯合騎士團可能會從南方進軍魔王城。等名叫拉姆瓦瑟的港口正式開始將物資送到沙薩．夸塔斯後，西方也有可能會有軍隊過來，這樣里德姆奶奶在北方進行的妨礙，效果也會大打折扣。坦白講，現在的狀況已經不容許我們等到七月了。」

「……喔。」

「如今鈴乃小姐當上大神官，艾美拉達小姐和盧馬克小姐之前進行的妨礙也都造成反效果，一旦沙薩．夸塔斯的五大陸聯合騎士團展開行動，里德姆奶奶在立場上也無法強硬地妨礙教會騎士團，甚至有可能必須讓駐留在諾斯．夸塔斯的五大陸聯合騎士團和岳仙兵團出動。」

「是、是啊。」

「然而，基納納先生現在卻在魔王城大鬧，所以蘆屋先生、漆原先生和加百列先生很有可能無法應付這些狀況。」

千穗以凌厲的眼神，環視在座的所有人。

「無論是將基納納先生帶到安特．伊蘇拉，還是鈴乃小姐因為自己的妨礙行動升官，都是無可奈何的事情。這些事都不是任何人的錯。不過目前能從全體的角度掌握這些事實的人，就只有我們。我覺得現在是該下判斷的時候了。真奧哥。」

「……嗯，妳說的沒錯。」

能夠決定安特．伊蘇拉、魔界和天界趨勢的重要情報，不知為何都集中到日本的高中女生這邊，而讓人感到棘手的是，在場的所有人都完全無法反駁她的分析。

「我覺得只剩下盡快讓魔王城起飛這個辦法了。」

她做出的這個結論，也同樣無可挑剔。

「考慮到鈴乃小姐授秩的時間點，艾美拉達小姐認為不管再怎麼拖延，教會騎士團的主力都會在一個月內發動聖征。雖然一般的授秩禮，好像會盛大地花上半年的時間舉行，但這次是緊急狀況，而且又是發生在聖征之前，所以教會很可能會想把從聖・埃雷到拉姆瓦瑟的這段進軍路線，直接當成慶祝鈴乃小姐授秩的遊行路線。」

「原、原來如此。」

照理說千穗應該幾乎不曉得安特・伊蘇拉的地理資訊，但真奧還是被她的話給壓倒。

「不過這還沒有把五大陸聯合騎士團已經探測到基納納先生這件事納入考量，所以實際上或許會更快也不一定。即使教會騎士團的主力還沒出動，還是很可能會為了避免落後五大陸聯合騎士團，而先派出大規模的先遣隊。要是情況變成那樣，我們剩下的時間甚至有可能不到一個星期。」

「在這樣的情況下……應該也無法期待五大陸和教會，會為了搶先彼此而互扯後腿吧。」

「如果依靠這種樂觀的推測，可是會嘗到苦頭喔。」

惠美缺乏自信的發言，被千穗從正面駁回。

「到了魔王城起飛的階段，應該就會讓盧馬克將軍和貝爾小姐的部下撤退吧？所有人都已經知道撤退計畫了嗎？」

面對諾爾德的問題，真奧表情凝重地搖頭。

「我們沒有預料到必須在這種被人從四面八方包圍的狀況下撤退。要不是因為聖征，我們原本還打算讓盧馬克、艾美拉達或鈴乃其中一人常駐在魔王城。」

「那盧馬克將軍留在魔王城的那些現場指揮官呢？」

「不曉得能信任他們到什麼地步，畢竟他們也一樣無法收到外界的情報，即使迪恩・德姆・烏魯斯那個老太婆願意保障他們之後的身分，但那終究只是口頭約定。如果聽說有騎士團逼近，或許會產生動搖。雖然盧馬克直屬的部下應該沒問題，但更下層的人就……可惡，艾美拉達說的沒錯，感覺我們真的浪費了不少時間。當初真應該叫漆原和萊拉辦完事就馬上回來。」

「畢竟就連加百列先生，都特地大費周章地直接打電話給我，艾美拉達小姐也有警告過我，所以現在最好還是別使用概念收發會比較好。既然如此，就只能……」

「繼路西菲爾之後，再派其他人過去了。」

千穗點頭肯定惠美的發言，惠美放棄似的說道。

「照這樣看來，也只剩我能去了。」

「喂，惠美，那樣的話……」

真奧驚訝地打算阻止，但惠美以手勢打斷他。

「我知道你想說什麼，不過還有其他人選嗎？你和利比科古，只要一被探測到魔力就完蛋了。爸爸和千穗都無法戰鬥，艾契斯和伊洛恩又更不行。這麼一來，不就只剩下我了嗎？」

「要是那個太空人現身……」

「那也只能到時候再說了。不管再怎麼想，我們現在都無法摸清楚那傢伙的真面目。既然去和加百列核對記憶的路西菲爾和萊拉都沒聯絡，就表示那三個人討論過後還是沒獲得什麼有用的線索吧。既然如此，不管什麼時候遇到都一樣。我不會像之前那樣貿然出手，只能邊摸索邊戰鬥了。」

惠美話裡透露出來的覺悟，讓真奧沒辦法再繼續說下去。

雖然他還有其他想說的話，但就算說了也沒用。

在這場滅神之戰的準備期間，惠美幾乎沒有去過安特．伊蘇拉，其中一部分的原因，當然是為了讓她和阿拉斯．拉瑪斯遠離那個神祕太空人的威脅，但更重要的是，艾美拉達他們努力想讓惠美在戰後能過著平靜的生活。

他們試圖消除世界對「勇者艾米莉亞」這個戰略兵器的印象，好讓惠美之後能夠專心復興自己的故鄉。

這也是艾美拉達和盧馬克除了聖．埃雷的未來以外，另一個贊同滅神之戰的理由。

如果惠美現在前往中央大陸這個事件的中心地，在全世界的軍隊面前現身，他們的努力將會化為泡影。

光是之前的艾夫薩汗騷動，就已經讓全世界都在懷疑勇者艾米莉亞還活著了。

如果惠美在教會騎士團和五大陸聯合騎士團面前現身，勇者還活著這件事將會獲得官方承認，並傳遍全世界，這麼一來，惠美、諾爾德，以及他們居住的國家，將就此不得安寧。

「這也沒辦法吧。雖然對一直保護我的大家很抱歉，但事到如今也只能放棄了。就是為了維護我的生活，才會害貝爾背負了多餘的負擔吧。我無法接受只有我一個人被保護。而且這一切都是為了阿拉斯．拉瑪斯，我怎麼可以什麼都不做呢。」

惠美在想起因為已經睡著，所以處於融合狀態的「女兒」後，露出微笑。

「……艾米莉亞……」

「對不起。結果或許又要害爸爸過著不便的生活……」

「我的事情怎樣都好。不過艾米莉亞，我希望妳答應我一件事。」

「什麼事？」

諾爾德向已經用那纖細的身體背負過整個世界一次的愛女說道：

「既然要做就好好做。無論發生什麼事，我都是站在妳這邊。妳就遵循自己相信的事物，走完自己決定的道路吧。」

「……嗯，那當然。」

惠美點頭，像是要甩掉所有迷惘與束縛般起身。

「千穗，謝謝妳在這麼忙的時候，還特地過來幫我們。」

「沒、沒什麼啦……不過遊佐小姐，妳該不會現在就要出發……」

「雖然沒辦法說走就走，但我會盡快，最好是能在明天上午出發。魔王、利比科古。」

「嗯。」

「……喔。」

「你們可以幫我代班吧？我會事先聯絡店長。」

「……交給我吧。」

「……好吧。」

因為沒有預料到情況會變得這麼危急，所以就算已經比平常減少，真奧和惠美還是排了不少班。

「仔細想想，真奧幾乎什麼也沒唔嘎嘎嘎嘎嘎。」

「艾契斯。」

艾契斯在看見魔王和大惡魔答應幫勇者代班後，毫不客氣地如此說道，但再次被諾爾德阻

止。

令人意外的是，惠美也跟著搖頭回答：

「艾契斯，妳別看魔王這樣，其實他意外地有用喔。」

「咦？」

「別把人講得好像是百圓商店的產品。」

「我難得在認真稱讚你，別鬧彆扭啦。」

真奧的抗議，讓惠美露出苦笑——

「雖然由我說這種話，感覺也有點難為情。」

然後她用這句話當開場白。

「魔王，你還記得嗎？我和你第一次在笹塚相遇的隔天晚上的事情。」

「第一次相遇的隔天晚上…………嗯，那個啊。」

惠美的描述方式莫名地讓人充滿遐想，害千穗忍不住露出不悅的表情，但她冷靜思考過後，就發現真奧和惠美剛在日本相遇時，根本就不可能發生什麼事，這才恢復鎮定。

「就算想忘也忘不了吧。」

「我那時候說了什麼？」

「要在這裡說出來啊。」

真奧有些尷尬地側眼看向千穗，然後開口說道：

「雖然沒有一字一句都一樣，但大概就是只要我放棄征服世界，長住在日本，妳就不會殺我吧。」

「……咦？」

這句出乎意料的話，讓千穗看向惠美，惠美雖然有感覺到千穗的視線，但沒有看向她就直接對真奧點頭。

「儘管沒有像你講的那樣充滿惡意，但差不多就是那樣。艾契斯。」

「嗯？」

「大家都很努力，想讓我和爸爸將來能夠在故鄉的斯隆村平靜地生活，這讓我非常高興……不過，真的萬不得已的時候，其實還有另一個選擇。」

「遊佐小姐，妳的意思是……」

千穗聞言不禁睜大了雙眼，惠美這次看著千穗點頭。

「等滅神之戰結束後……或許徹底變成日本人也不錯。」

「……遊佐小姐！」

因為知道惠美的過去和立場所產生的困惑，以及因為是她的朋友所產生的喜悅混合在一起，讓千穗的聲音裡充滿了複雜的情緒。

「在找到工作後離開老家，之後就一直沒回去的人也很多吧？只要有心，在日本也能從事農業，我之前也有請真季幫我調查過大學的事情，我想在我心裡的某處，一定從很久以前就明白自己再也無法於安特．伊蘇拉度過平靜的生活了。都怪魔王……不對，託魔王的福，我現在也已經被磨練到即使在日本生活，也完全不會覺得不方便了。」

「這樣能算是派上用場嗎？」

惠美點頭回答艾契斯的疑問。

「唉，不管是好是壞，至少我現在對他的信賴，已經到了能放心讓他幫我代班的程度，所以他還算是派得上用場。」

惠美說完後，稍微垂下頭。

「……這樣沒關係嗎？姑且不論打工，如果妳以後不在安特．伊蘇拉，我們可是會任意妄為喔。」

真奧威脅似的如此說道，但惠美毫不在意地回答：

「那樣也沒什麼不好吧？利比科古看起來也已經習慣了打工，可見並不是只有你、艾謝爾和路西菲爾特別適應人類社會，所以魔界的那些傢伙想怎麼做都無所謂。等滅神之戰結束，救出阿拉斯．拉瑪斯的朋友們後，不管發生什麼事，我都不打算再當勇者了。之後的事情就交給那個世界的人自己處理。至少統一蒼帝和其他大人物，都覺得這樣比較好吧。」

「……什麼嘛，真沒勁。」

「對了，話先說在前頭。」

「啊？」

「即使如此，我會變成現在這樣，你還是要負很大的責任，我之後會再好好跟你算帳。」

「……什、什麼意思啊。」

惠美的這段發言，某方面來說已經是老生常談，不過和以前不同的是，她並沒有對真奧發出殺氣，或是表現出敵對的態度。

不僅如此，她說這些話時，還不知為何一併看著千穗。

「遊佐小姐……？」

「……沒事。比起這個，既然已經決定好方針，我今天就先回去了。明天一大早還要聯絡岩城店長，請她讓我換班，另外也要做出遠門的準備。」

惠美沒有回答千穗的疑問，自言自語地走向二〇一號室的玄關。

「如果事情沒那麼快解決，我會再想其他方法和你們定期聯絡。先這樣了……」

惠美說得好像只是要去隔壁縣來趟小旅行般，打開房門——

「哎呀？」

然後在聞到某種飄散在空氣中的微弱氣味後，皺起眉頭。

「討厭，下雨了。」

「咦？」

這個聲音讓千穗也跟著抬頭，真奧打開房間窗戶，發現在不知不覺間，開始下起了小雨。

「真的耶。天氣預報有說今天會下雨嗎？」

真奧用遙控器打開電視，夜間新聞正好在播天氣預報，主播表示市中心從今晚到明天早上都會下小雨。

「艾米莉亞，今天要乾脆住下來嗎？」

諾爾德如此提議，但惠美搖頭。

「阿拉斯・拉瑪斯今天洗澡前就睡了，我想明天早上幫她沖澡。所以……喂，魔王。」

「嗯？」

「借我一把傘。」

惠美說完後，沒等真奧回答就直接拿起掛在玄關牆壁上的一把大型男傘。

「看起來不太常用呢。」

惠美一解開雨傘，就發現明顯的折痕，可見這把傘很少有人用。

「嗯……嗯，是啊。」

「千穗，一起回去吧。這把傘很大，應該夠兩個人撐。」

「啊，好、好的。那麼，我先告辭了。」

千穗一聽見惠美的呼喚，就連忙起身，她低頭行了一禮後，就跟在惠美後面離開房間。

真奧目送兩人離開後，尷尬地看向諾爾德。

「……你都不在意嗎？」

「我尊重艾米莉亞的決定。」

「不，我不是那個意思。」

「我的意見不重要。雖然我對路西菲爾軍燒掉村子這件事，並不是沒有怨恨，但現在這些都是小問題。」

「雖然我沒什麼立場說這種話，但這算小問題嗎？」

諾爾德因為真奧的疑問轉過頭，他的表情顯得意外平穩。

「斯隆村的家和田地，對我來說確實都很重要，是無可取代的存在。認真照料的田地，祖先傳下來的那棟充滿與父母回憶的房子，與妻子一同生活過的家……這些確實都很重要……不過。」

諾爾德看向真奧旁邊，也就是惠美剛才坐的地方。

「這世界上沒有比我孩子未來的幸福更重要的事情。現在的你，應該也能夠體會吧？」

「……啊～」

真奧感覺自己似乎看見了諾爾德身為「父親」偉大的一面。

「你是一國之君，所以有時候可能必須痛苦地將重要的人，和身為王的義務放在天平上衡量，但我只是個普通農家的父親。不管是對誰，我都能主張女兒的幸福就是我的幸福。如果艾米莉亞想在日本生活，我沒有理由阻止她。我不想過那種會妨礙孩子的生活，所以我也會放棄回斯隆村，在日本找工作。如果是和萊拉在一起，那我也能當家庭主夫，日本的農業到處都缺人手，在新的地方從事新的農業也很有趣。只要能跟我在一起，萊拉應該也不會反對。」

「爸爸再怎麼說，都還是非──常堅強呢。」

艾契斯悠哉的評論，以及諾爾德若無其事秀出的強烈恩愛，讓真奧板起了臉。

「看來我真的問了個無聊的問題。」

「是啊。」

諾爾德得意地笑了一下後問道：

「艾契斯，妳今天要住在魔王這裡，還是住樓下？」

「嗯～還是去爸爸那裡住好了。蘆屋離開後，真奧家的飯口味就變很重。配菜的數量也減少了。」

「唔。」

「……妳這傢伙。」

雖然這是事實，但一被艾契斯這麼說，真奧和利比科古就莫名覺得火大。

「唉，我們暫時還必須繼續等待，這也是一種戰鬥。一起加油吧。」

諾爾德自從被迫逃離故鄉後，就一直在等待和忍耐，所以從他口中說出這種話，顯得格外有分量。

真奧沒有特別回應，但自己到現在都還沒辦法做什麼這點，也讓他感到有些煩躁。

諾爾德和艾契斯離開後，真奧和利比科古陷入一陣尷尬的沉默。

「……睡覺吧。」

「是啊。」

結果因為兩人無事可做，又沒有想看的電視，所以只能早早刷牙，直接就寢。

「沒想到真奧哥還有這種傘。」

千穗和惠美並肩走在一起時，抬頭看向深灰色的雨傘。

那把傘大到就算惠美和千穗一起撐也不會淋溼，並且擁有足以抵擋強風的結實傘骨。

傘的把手上印有知名男性服飾品牌的商標，以真奧的東西來說算是相當高級。

「是在正式職員錄用研修的時候買的嗎……遊佐小姐？」

「……嗯啊？」

「遊佐小姐？」

不曉得是不是錯覺，惠美的側臉看起來有點僵硬。

就連回答都給人一種舌頭打結的感覺。

「千、千穗，妳剛才說什麼？」

「咦？那、那個，我是說原來真奧哥也有這麼好的傘……」

「是、是啊。不、不過這也沒什麼好稀奇的吧？嗯。」

「嗯～因為印象中就算下小雨，他還是會勉強騎自行車，即使下大雨，他也只會用透明的塑膠傘。」

「……虧我還花了六千圓……」

「咦？」

「沒事，沒什麼，真的沒什麼啦。那個大概是艾謝爾買回來後，他們覺得太高級，所以平常才都捨不得用吧？啊哈，啊哈哈……」

「啊，原來如此，雖然這樣講有點對不起真奧哥，但他真的很可能會這樣呢。不過真虧遊佐小姐能注意到這把傘呢，明明就放在完全看不見的地方，該不會妳之前就知道……」

「沒有才沒這回事雖然他們三個大男人一起生活但絕對沒有符合人數的雨傘平常只有魔王

和艾謝爾兩個人會出門所以他們一定是輪流用傘於是稍微找一下就剛好找到並硬借過來了！」

惠美一口氣說完這些話。

「這、這樣啊。」

千穗被她的氣勢壓倒，沒再繼續提起傘的話題。

至於惠美……

「………」

在送千穗回家後，她直接掉頭走向笹塚站，獨自抬頭看著那把深灰色的男傘嘆氣。

「就算撕裂了嘴，我也沒辦法告訴千穗那把傘是我送的。」

坦白講，一直到今天，惠美都對後來的發展沒有興趣，甚至忘了這把傘的存在。

她真的只是碰巧看見那把傘，直到千穗覺得好奇時，才總算想起來。

想起那把傘是自己送給真奧的。

「……我不是送給他，只是還他一把傘。」

那天雨下得更大。

惠美被那場驟雨淋溼時，收到了一把來歷非常誇張、居然是從附近的郵筒撿回來的透明塑膠傘。

雖然是因為不知情，但就結果而言惠美還是欠了魔王人情，這讓她覺得既屈辱又不甘心，

所以最後將對方的善意給拆解丟掉了。

惠美之後產生了罪惡感，並覺得宿敵用那種東西實在太丟臉，所以抱持著還人情的心態買了這把傘。

她是在從docodemo下班後，去新宿的高島田屋買的。

買大一點的傘，在購物時應該會比較方便吧。

不過如果價格太貴，對方的反應可能會很麻煩或甚至不願意收下，所以惠美特地從同品牌中挑了一把相對便宜的傘。

明明不想買太貴卻又堅持名牌貨，是因為惠美想起真奧在新宿和千穗約會時穿的衣服，認為這樣就能讓他在認真打扮或穿正裝時使用。

「我真的是瘋了。」

那時候的自己，到底在想什麼啊？

明明當時的自己遠比現在還想取魔王的性命。

甚至到了只要對方一露出破綻，就會立刻下手的程度。

明明應該是這樣才對，為什麼自己當初買傘時，還要替真奧考慮這麼多呢？

「之後得好好封住魔王的嘴。」

真奧經常在奇怪的地方說溜嘴。

無論如何，絕對不能讓千穗知道這把傘是自己買的。

不過，就在惠美抵達笹塚站時，她突然發現一件事。

「仔細想想，暫時也沒機會見到他了。」

考慮到目前的狀況，明天和岩城取得聯絡後，惠美就必須立刻前往安特．伊蘇拉，到時候也沒時間還傘。

雖然也能考慮早上先繞去Villa．Rosa笹塚，但惠美接下來至少要在安特．伊蘇拉待一個星期，這樣光是阿拉斯．拉瑪斯的行李就夠多了。

儘管黃金週假期還沒結束，但明天在日曆上是平日。

就算車程不長，她也不想帶著那些行李搭早上的擁擠電車，反正真奧看來平常也沒在用。

等從安特．伊蘇拉回來後再還他就行了。

「先用簡訊提醒他就好了。」

惠美自言自語地說著，然後在車站內甩掉雨滴，仔細把傘收好。

「……」

將傘夾在腋下，在下行線的月臺等電車時，惠美突然從高架的月臺看向Villa．Rosa笹塚的方向，並不自覺地露出微笑。

「說什麼……『我希望你能在這裡找到屬於你的新生活』啊。」

像是要蓋過惠美的自言自語般，車身外沾滿雨滴的京王線電車開進了笹塚站。

在擠滿了還沒回家的上班族的電車裡，為了避免勾到別人，即使衣服會因此溼掉，惠美仍緊緊抱住雨傘。

「……真的……有夠令人難為情……」

隔天早上。

惠美一大早就打電話給岩城，為臨時無法去上班的事情道歉。

岩城也效法木崎，沒有要惠美去找人代班，但考慮到這次的狀況，惠美主動說明真奧和利比科古願意幫忙代班的事情。

確認岩城在電話的另一頭鬆了口氣後，惠美放心地掛斷電話，接著她安撫吃完早餐後就一直很有精神地想玩的阿拉斯．拉瑪斯並與她融合，然後背起一個大背包，而且還穿上冬天用的羽絨外套。

「那麼……就去看看那裡的狀況有多慘吧。」

惠美自言自語地說著，從懷裡掏出一根羽毛，輕輕丟到腳邊的地毯上。

Urban．Heights永福町五〇一號室的地板上，出現通往安特．伊蘇拉的「門」。

感覺對面似乎有一瞬間傳來了怪獸的咆哮聲，於是惠美——

「勇者和怪獸啊，感覺完全不同類型。」

像這樣微笑地說完後，縱身跳進「門」內。

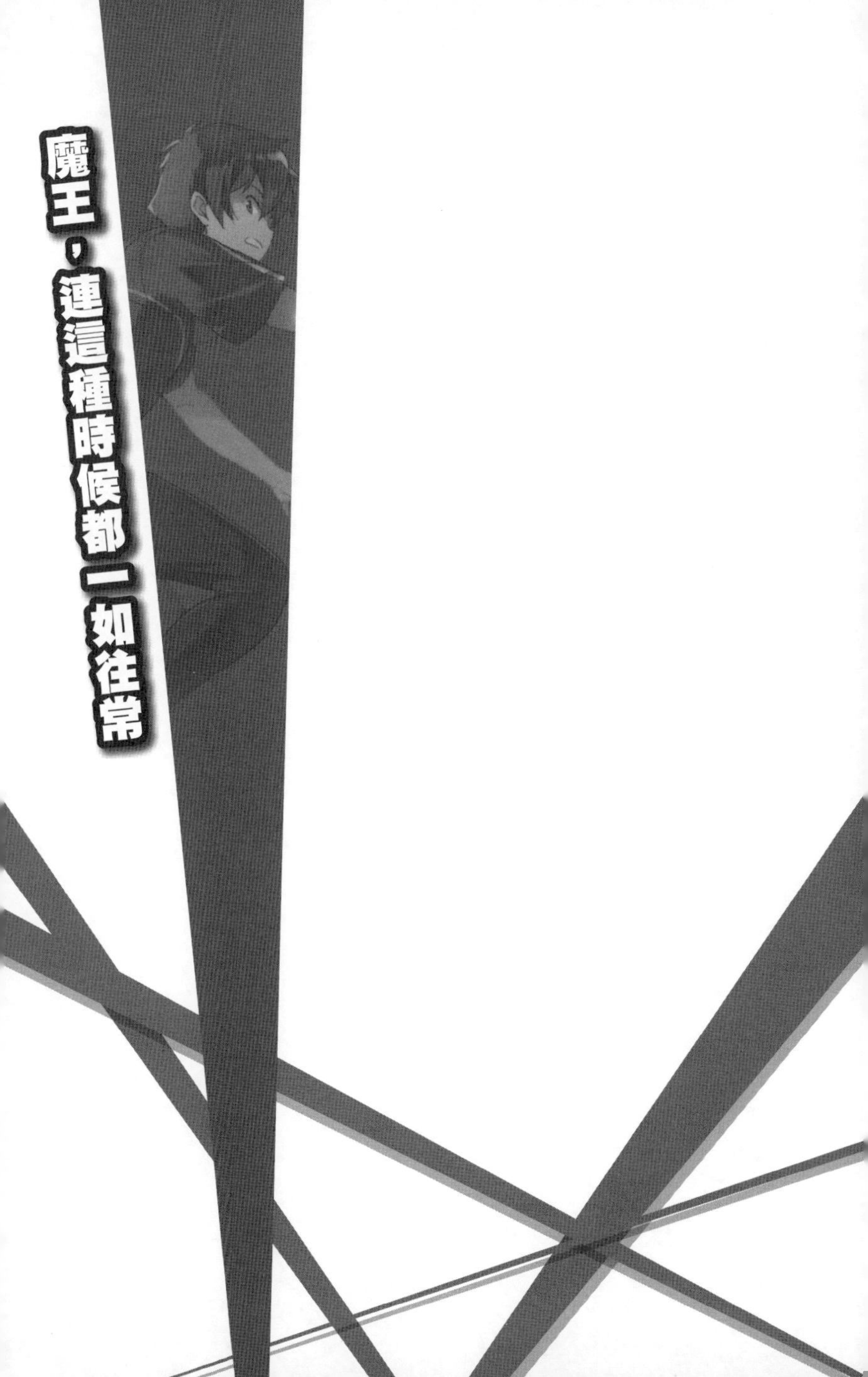

魔王，連這種時候都一如往常

「哎呀，今天也總算撐過去了。」

「是啊，這應該是我來這間店上任後，最辛苦的一次尖峰時段了。」

利比科古和岩城流著汗，互相談笑。

「肚子好餓……哎呀，真是累死人了。」

「根本就沒時間休息呢。」

明子和川田關掉收銀機，看著久違的豐厚收銀記錄互相苦笑。

「二樓都收拾好了。」

真奧拿著二樓的收銀記錄走下樓。

「唉，要不是實習的新人們今天都非常努力，或許會撐不過去呢。」

利比科古加入的兩個星期後，又來了兩個新人，因為他們有好好地在幕後完成之前學會的工作，老鳥們才不用花費多餘的工夫，專心工作。

「這是第一次超過木崎小姐時期的營業額呢。」

關店時，真奧聽見岩城開心地如此說道。

幡之谷站前店的營業額過去總是能夠神祕地超越前一年的業績，在岩城上任後，雖然成績起起伏伏，但總算還是維持著正常的營業額。

即使如此，在這麼忙碌的日子還能夠不出狀況地順利完成工作，就證明木崎培育的員工和岩城非常合得來，還有以利比科古為首的岩城世代能夠互相配合。

「魔王大人，一起去澡堂吧。」

「說得也是。哎呀，今天流了不少汗呢。」

關店後，真奧和利比科古離開店裡，直接前往名叫「笹之湯」的澡堂，洗掉一天工作的疲勞。

兩人用牛奶，替岩城當上店長後的首次大豐收乾杯，然後讓夜風吹著被熱水溫暖過的身體，踏上回家的路。

「魔王大人，您明天是從中午開始上班吧。」

「嗯，你是上到傍晚吧。」

「是的。」

「我早上會用洗衣機，記得把要洗的衣服拿出來。」

「是的。對了，明天的早餐，我可以用剩下的蛋嗎？」

「可以，那就拜託你啦。」

「是的，那麼……」

「嗯，很累對吧。我也要睡了。」

主僕二人隔著被爐躺下。

「嗯，晚安。」

「喔，晚……」

真奧原本打算就這樣閉上眼睛，睡到明天早上——

「等一下。」

但他突然抬起上半身盤坐，將雙手交叉在胸前。

「怎麼了嗎？」

「……不覺得很奇怪嗎？」

「哪裡奇怪？」

「呃，哪裡啊。」

在橘色的小燈泡照耀下，真奧低聲說道：

「各方面。」

「……」

利比科古也跟著起身，彎著在黑暗中依然充滿魄力的背，雙手抱胸，戰戰兢兢地開口：

「是指明明魔王城可能馬上就要升空，卻只有魔王大人的生活完全沒有變化這點嗎？」

「你的觀察力還真是敏銳。沒錯，只有我一個人什麼也沒做。」

「呃，您不是有在好好上班嗎？」

「這個嘛……是這樣沒錯。」

真奧搔著頭低喃。

鈴乃被選為六大神官，以及滅神之戰必須大幅改變方針，都是最近才發生的事情。

為了確認聖征與鈴乃被授秩為大神官產生的影響，惠美今天一大早就啟程前往安特・伊蘇拉。

千穗明明已經辭掉打工，並刻意和安特・伊蘇拉保持距離，卻仍發揮情報中繼站的機能。

蘆屋作為安特・伊蘇拉的魔王城與人類之間的談判者，必須奔波於世界各地，如果沒有他在，滅神之戰根本就無法成立。

就連漆原都完成了支援蘆屋，以及移送基納納的工作，甚至還和蘆屋與加百列一起壓制失控的基納納。

「艾米莉亞不是也說過了。就是因為魔王大人像這樣一如往常地過日子，她才能夠安心啟程。」

雖然利比科古是為了安慰真奧才這麼說——

「我說你啊，明明就連蘆屋都還沒習慣和惠美相處，為什麼你對她的態度這麼溫和？」

結果反而被魔界之王投以懷疑的眼光。

「呃，那個，她好歹是我的職場前輩，佐佐木千穗也一直吵著要我和她好好相處。再來就是以我的實力，根本就不足以和艾米莉亞抗衡，所以最好還是不要有與她敵對的行動或想法比較好。而且如果我對艾米莉亞或佐佐木千穗表現出反抗的態度，會給岩城店長添麻煩吧。」

「欸……」

與充滿魄力的外表相反，利比科古的發言可說是細膩過頭又十分明理，讓真奧皺起眉頭。

「你難道都不在乎嗎？你沒有自尊嗎？」

「我在下層打滾了很長一段時間，所以擅長依附有權勢的人。」

「你說這話是認真的嗎？」

這麼說來，在真奧以魔王撒旦的身分統一魔界之前，利比科古雖然是馬勒布朗契的頭目，但總是被一個叫路比岡德的上位頭目當成小弟對待。

而且如同他本人所言，他既沒有像蘆屋和漆原那樣與惠美一對一戰鬥過，也不具備那種程度的實力。

像他這樣的存在，就算懷著與實力不相符的自尊，去挑戰絕對不可能贏的對手，也只會在對手擅長的領域被痛宰。

所以作為一種生存方式，利比科古會有現在的態度也不是無法理解……

「給我多一點反抗精神啊！反抗精神！」

「呃，我自從參與滅神之戰後，就愈來愈覺得必須慎選生氣的時機。」

「你居然比蘆屋還要成熟！」

和至今仍會突然頂撞惠美和鈴乃的蘆屋相比，不曉得該說利比科古是看得太開，還是過於達觀。

「因為那樣不是很愚蠢嗎？例如那個佐佐木千穗。」

「小千怎麼了？」

「這只是假設喔？我們在安特．伊蘇拉時，不是從來沒在意過人類生命的價值嗎？假如是在那樣的情況下，就算我因為覺得佐佐木千穗太囂張而氣得想殺掉她，也不需要煩惱任何事情吧。畢竟只要輕輕動一下手指就結束了。這真的只是假設喔。」

利比科古不斷強調這只是假設，然後快速說下去。

「不過現在就算我真的那麼做了，也只會爽快幾秒而已。因為我之後一定會被魔王大人和艾謝爾大人，以及艾米莉亞給砍成肉醬。不只是我，就連馬勒布朗契族也無法倖免。大概會被卡米歐大人給滅族吧。在安特．伊蘇拉大鬧的時候，和現在的狀況完全不同，既然我自己的實力根本不足以顛覆這個狀況，那就只能做自己目前能做到的事情了吧。」

「喔、喔喔……」

「唉，所以現在不管被艾米莉亞說了什麼，只要那不是無意義的侮辱，或是帶有惡意的謊言，我都會盡可能不去找她的碴。」

「這、這樣啊……」

原本個性粗暴的利比科古說出這麼明理的話，某方面來說其實符合真奧對他的期待。

利比科古是用來讓魔界惡魔融入人類社會的實驗樣本，同時也是這項計畫的里程碑。

所謂的「人際關係」，就是要自覺到自己是社會的一員，在分析過自己與他人後約束自己，而從利比科古剛才闡述的意見來看，他明顯已經掌握了這點。

如果真奧、蘆屋和漆原是融入人類社會的第一世代，那利比科古就是第二世代。

第一個樣本像這樣自己主動產生融入人類社會的想法，對真奧來說是一件值得高興的事。

不過——

「現在問題的重點不是這個。」

「啊？」

「不對，抱歉。你的那個想法……還不錯。嗯，繼續保持下去。」

「喔。」

真奧在意的不是利比科古適應人類社會的方式，而是自己的立場。

當然，他最終還是要與惠美合力，靠戰鬥能力充當進攻天界的主戰力，去那裡大鬧一場。

雖然可以確定這點，但視情況而定，不曉得要什麼時候才輪得到他上場，而現在就連利比科古都在努力適應激烈變化的環境，面對周圍的變遷，就只有真奧一個人完全沒有變化。

「這並不是件壞事。雖然不是壞事……不過。」

真奧沒有通過正式職員錄用研修。

跟得上木崎的經營理論的人也不是真奧，而是沙利葉。

許多人在狀況產生轉變時，聯絡的也不是真奧，而是千穗。

當然以真奧的生存方式和性格，他並不會因為這樣就感嘆自己的無力，或懷疑周圍的人。

但真奧等六人決定發起滅神之戰的動機，是為了實現「女兒」阿拉斯．拉瑪斯想見兄弟姊妹的願望。

「該怎麼說才好，明明是自己孩子的事情。」

「不是這樣吧。」

真奧無視利比科古俐落的吐槽。

「明明是自己孩子的事情，卻把一切都丟給其他人，只有自己『因為工作很忙』而過著和平常一樣的生活，你覺得這樣好嗎？」

「呃，就算問我也沒用啊……唉，既然在日本住了這麼久的魔王大人都這麼說，那就是不太好吧？」

「真要說起來，替阿拉斯．拉瑪斯的吃穿出錢的人是惠美，陪她玩的人是小千、鈴乃和諾爾德，正在替她的禮物做準備的人是我的部下，而我自己卻不曉得現在狀況怎麼樣，甚至還喊著『工作好忙』，去洗澡和舉杯慶祝，沒跟任何人聯絡就準備睡覺……咦，我這樣是不是不太妙啊？」

「您有舉杯慶祝嗎？」

「用牛奶。」

「……魔王大人……」

即使是在小燈的照耀下，真奧還是看得出來那張充滿魄力的臉上充滿了奇妙的憐憫。

「不過如果魔王大人和艾米莉亞一起請假，今天店裡絕對撐不過去。」

「呃，對我這個沒通過正式職員錄用研修的人來說，這某方面是事實，但某方面也像是在重新確認自己的社會地位時，用來逃避現實的藉口，所以我才不想說啊。」

在真奧身邊的人當中，最常指出這點的就是漆原和天禰，但總之真奧在麥丹勞幡之谷站前店裡，就只是個打工的。

即使職業和工作不分貴賤，但就一個當過魔王的人而言，如果被問到世界的趨勢和在速食店的排班哪一邊比較重要，客觀來看答案應該只有一個。

雖然真奧過去還有木崎真弓和成為正式職員的機會這兩個目標，但現在這些都沒了。

「我、我這樣下去真的好嗎？」

「魔王大人，請您振作一點。您到底是怎麼了？」

利比科古終於開始擔心起來，就在他緩緩起身的時候。

現在明明已經過了凌晨一點，二〇一號室的門鈴卻響了。

「我有聽見說話的聲音，真奧老弟，你醒著嗎？」

兩人瞬間板起了臉，但在認出大黑天禰的聲音後，就立刻解除警戒。

「都這麼晚了，有什麼事嗎？」

真奧起身打開玄關的門鎖。

「不好意思，但我有急事。雖然這問題有點突然，但你有沒有哪裡不舒服？」

「啊？」

天禰現在沒有像平常那樣把頭髮綁起來，身上穿的也是一套相當破舊的長袖運動服，但表情十分嚴肅。

「不，我並沒有特別覺得不舒服。」

「真的嗎？」

「今天店裡很忙，所以我是有點累，但並沒有感冒之類的症狀。」

「……這樣啊。那就麻煩了。我本來還在想可能跟你有關。」

天禰的表情看起來是真的覺得很困惑，這讓真奧恍然大悟。

「……艾契斯怎麼了嗎？」

天禰突然跑來問問題，如果她是在處理什麼和真奧有關的麻煩，那應該就是和真奧融合的「基礎」碎片少女，艾契斯．阿拉出了什麼狀況。

天禰輕輕點頭，皺起眉頭說道：

「剛才諾爾德來找我。那怎麼看都不是普通狀況。」

「房東太太有說什麼嗎？」

雖然真奧經常覺得天禰的姑姑，也就是公寓的房東志波美輝不是人類，但她還真的不是，而是和艾契斯等質點之子同質的存在。

「就是小美姑姑叫我先來確認真奧老弟的狀況。不好意思，你現在方便過來嗎？」

「沒問題。我明天是從中午開始上班。」

真奧要利比科古看家後，就跟著天禰前往志波家。

雖然刻在真奧靈魂深處的某樣東西，至今仍抗拒習慣志波本人和志波家，但既然艾契斯身上出現異常狀況，不曉得會對自己，以及人在安特．伊蘇拉的阿拉斯．拉瑪斯造成什麼影響。

儘管真奧還是很害怕房東，但他已經不會再像以前那樣逃避了。

「現在姑且稍微穩定下來了……但剛才好像真的很不妙。」

就在真奧穿過一道壁紙和地毯的圖案與配色都充滿壓迫感的走廊，跟著天禰走進某個房間後——

「真……真奧……」

他看見艾契斯正一臉憔悴地躺在床上。

「喂、喂，妳怎麼了？」

光從蒼白的臉色和缺乏血色的嘴唇，就能看出她的身體狀況明顯非常不好。

「哎呀……不好意思，這麼晚了還讓你擔心。我明明就說真奧應該很累了，所以明天再找他過來就好。」

再加上艾契斯還突然說出這麼令人欽佩的話，看來這絕對是很嚴重的異常狀況。

「妳該不會亂撿東西吃了吧？」

真奧姑且先站到床邊如此問道。

「嗯。」

「還真的有啊。」

先不管真奧的玩笑話居然成真了這件事，雖然艾契斯一直都表現得很貪吃，但再怎麼樣也不至於去吃掉在地上的東西……

「不對，確實有可能。」

「雖然我不知道你又想了什麼，但我有在三秒內撿起來吃喔。」

「那種規則根本就沒什麼根據吧。妳到底是怎麼了？」

「我也不知道，但我大概知道是從什麼時候開始。」

據艾契斯所言，她好像是從今天早上八點十分左右開始不舒服。

「時間還真是精確呢。」

真奧本來還在想她是不是在那個時候亂撿東西吃，但情況似乎更加嚴重。

「我今天早上和爸爸一起吃了早餐。艾米在那時候傳簡訊給爸爸……說她接下來要去安特．伊蘇拉。」

「啊？」

「我當時還沒什麼想法，現在回想起來，身體大概就是從那時候開始不舒服。」

「惠美……不對，是因為阿拉斯．拉瑪斯去了那邊，或是受到開『門』的影響嗎？」

「我只覺得……可能是那樣……我自己也不太清楚……嗚咿……」

重重嘆了口氣後，艾契斯像是覺得呼吸困難般變換姿勢。

「她有發燒嗎？」

真奧向一旁的天禰問道，後者搖頭回答：

「這不是感冒造成的發燒，比較像是因為身體狀況不好，導致體溫產生劇烈變化……問題是，小美姑姑也不曉得原因和解決方法，再來就是……啊。」

「咦？」

「唔！」

天禰的表情瞬間僵住。

「真奧老弟，你稍微壓制艾契斯一下！我馬上回來！」

「咦？咦？」

「嗯唔唔唔嘎嘎嘎嘎……唔噁噁噁噁噁噁噁！」

「哇？」

艾契斯像是跳起來般起身，她的臉色變得比剛才蒼白，還發出讓人擔心是不是要吐出來的聲音。

與此同時，艾契斯的全身開始發出淡淡的光芒——

「唔哇？」

然後從眼睛和嘴巴裡，發出耀眼到讓真奧睜不開眼睛的光線。

「糟、糟糕？」

真奧以前也看過一次這種現象。

之前去安特·伊蘇拉東大陸救惠美的時候，艾契斯曾在大吃一頓後，突然在路邊把先前吃

的東西都吐出來，當時她的臉也有發光，而且威力還大到連真奧一起抬到空中。

如果在這裡發射反作用力大到能把真奧和艾契斯都抬到空中的光線，房東家的牆壁或許會破一個大洞。

真奧幾乎是反射性地在艾契斯的臉前面展開魔力結界。

「啊嘎噗喔？」

「啊啊？」

然而被結界反彈的光線，就這樣回到艾契斯的臉上，讓下巴被擊中的艾契斯將臉朝向天花板。

「啊啊啊啊啊啊啊啊！」

雖然那道光線沒有一擊就打穿天花板，但還是把那裡的壁紙燒焦了，讓真奧面臨可能得賠錢的絕望。

「到、到底要怎麼壓制她啊？」

射向天花板的光線產生的反作用力，讓艾契斯的背開始往後仰，雖然真奧勉強撐住她的背，但光線不管射向哪裡都會造成破壞，所以他也不能把艾契斯的臉轉向其他地方。

就在這時候。

「真奧老弟，讓開！」

一股強大的力量將真奧推到旁邊，然後單手拿著某個巨大物體的天禰——

「喝啊！」

將那樣東西砸到艾契斯臉上。

伴隨著「啪嚓」的一聲，周圍濺起了一陣紅色的飛沫。

「天、天禰小姐，妳幹什麼……！天禰……小姐……天禰小姐？」

真奧一開始還以為天禰用某種凶器攻擊了艾契斯的臉。

不過映入真奧眼簾的東西，不管怎麼看都是半顆西瓜。

紅色的果肉和果汁飛濺到周圍，發光現象也在不知不覺間平息，然後。

「啊？」

從臉埋在半顆西瓜裡的艾契斯嘴邊，傳來咀嚼果肉的聲音。

「卡滋……卡滋……」

「……如果不讓她吃東西……馬上就會變成這樣。」

「…………啥啊啊啊啊？」

「她從傍晚開始就一直這樣。如果不持續讓她吃東西，馬上就會從眼睛和嘴巴發出奇怪的光線破壞東西……小美姑姑說這應該是質點失控，但契機和原因都不明所以也無法解決……」

「卡滋……卡滋……」

艾契斯的臉一直埋在西瓜裡，讓人擔心她到底有沒有辦法呼吸。

在完全無法理解狀況的真奧面前，艾契斯的臉愈埋愈深，過不久就傳出平常沒什麼機會聽見、似乎是在咀嚼硬物的聲音。

「……成功了。」

吃完西瓜的艾契斯，從西瓜皮底部露出鼻子和嘴巴，說出像是完成了什麼大事般的臺詞。

「那麼，我再問你一次。」

「嗯。」

「真奧老弟，你有哪裡不舒服嗎？」

「好像快覺得不舒服了。」

光是用看的，就讓真奧覺得沾到西瓜汁的地方開始癢了起來，一想到這些紅色的痕跡可能洗不掉，他的心情就開始憂鬱了起來。

先不管這件事，真奧前幾分鐘還在擔心自己對狀況完全沒有幫助。

不過，這是因為他想要幫助正在各個地方戰鬥的夥伴們，絕對不是希望自己被捲入艾契斯這種明明不是萬聖節，卻還用西瓜皮做面具這種莫名其妙的狀況。

「……目前估計起來，至少每十分鐘要有四顆飯糰。」

天禰絕望的聲音傳進真奧的耳裡，讓他甚至無法反問這到底是什麼意思。

※

「您、您還好吧？」

看起來根本沒睡的利比科古，上前迎接直到早上才總算回來的真奧。

「艾米莉亞的爸爸剛才上樓，說魔王大人那邊的狀況可能不太妙……」

「諾爾德剛才來和我換班了……好睏……抱歉讓我睡一下。」

「啊，好、好的，要幫您設鬧鐘嗎？」

「嗯……我、已經設定好了。」

「好、好的，那個，我幫您準備了早餐，如果有胃口就請用吧。還有……」

「不用管我沒關係，出門時把那份早餐交給天禰小姐或諾爾德吧。」

「咦？」

雖然把早餐交給鄰居確實是個莫名其妙的命令——

「……拜託了，我之後會說明原因。」

但真奧的語氣非常恐怖，讓利比科古只能緊張地點頭。

「還有什麼事情嗎？」

「是的，那個，艾米莉亞的爸爸不曉得為什麼，跟我們借了味噌……」

「借味噌啊，這是什麼時代的事情……」

真奧明白諾爾德的意圖。

艾契斯正面臨必須不斷吃東西的異常狀況，諾爾德應該是想替她的菜單增加一點變化。

話雖如此，跟鄰居借調味料這種習慣，真奧也只有在舊漫畫裡看過。想到這裡。

「……倒也不是這樣……」

意識朦朧的真奧看向冰箱，不自覺地露出笑容。

「蘆屋和鈴乃，也經常做這種事。」

「咦？」

「……呃……對了，我想你應該也知道，之後可不要真的跟對方討味噌回來。諾爾德應該會用其他東西補償，到時候就直接收下吧。」

「我、我知道了。那麼，我差不多該出門了，只要把這個送去大黑天禰家就行了吧。」

儘管感到困惑，利比科古還是細心地用保鮮膜包住剛煎好的香腸和荷包蛋，端著盤子走到外面。

真奧目送他離開後，這次真的倒在棉被上。

「應該能睡三個小時吧。」

他閉上眼睛，打算至少在上班前稍微睡一下——

「不對，等一下等一下！」

但又突然想起一件事，忍不住跳了起來。

「我到底在發什麼呆啊！現在不是睡覺的時候吧！」

為什麼至今都沒注意到？

「阿拉斯．拉瑪斯沒事吧！惠美那傢伙完全沒有聯絡！」

艾契斯和阿拉斯．拉瑪斯是姊妹，其中一方發生異常時，另一方也會像雙胞胎那樣出現某種異常。

艾契斯說自己是在惠美和阿拉斯．拉瑪斯啟程前往安特．伊蘇拉後，才開始覺得不舒服。

這表示阿拉斯．拉瑪斯也可能出現了相同的症狀。

「可惡……不過中央大陸……不對……不行，那裡現在正被監視……呃，可是總比什麼都不做好？不對……首先要聯絡法爾法雷洛……」

不過，真奧昨天不僅上了整天班，還經歷了岩城當上店長後最大的一波人潮。

之後又熬夜幫艾契斯準備食物，這讓真奧的腦袋和疲勞都達到了極限。

考量到天禰和志波就在附近，以及為了預防基納納失控，真奧現在完全沒有儲備魔力，體

力就和一般的人類青年差不多，導致他開始因為睡眠不足而頭痛。

「概念收發……不行，魔力會被探測到。找人幫忙用羽毛筆開『門』……然後打電話……例如小千或鈴木梨香……可惡，這時間小千已經去上學了……」

雖然不曉得是因為疲勞，還是受到艾契斯的異常狀況影響才頭痛，但真奧現在完全無法好好思考。

這段期間，時間仍不斷流逝，他的睡眠時間也變得愈來愈少。

「鈴木梨香……沒接電話……不行……這麼一來就只能晚點傳簡訊給小千，請她幫忙轉達艾契斯的狀況……可惡……這樣也不行，之前才因為鈴乃的事情給她添了不少麻煩。」

就在疲勞與睡意，讓真奧連頭都抬不太起來時。

他突然感覺旁邊多了一個人，用溫柔的聲音在他耳邊說道。

「你的臉看起來很憔悴。稍微睡一下吧。」

「這怎麼行。我必須盡快和其他人取得聯絡……」

「事情我都聽說了。你今天也要上班吧，所以去休息一下。聯絡和其他事前準備，我會盡可能幫忙處理，放心吧。」

「這樣啊……不、不好意思……那讓我稍微睡一下……」

真奧在意識朦朧的情況下，將事情託付給某人後，意識就急速遠去。

然後，體感上沒過多久。

刺耳的手機鬧鐘，就讓真奧再次睜開眼睛。

因為眼睛深處和側頭部還是很痛，他完全不覺得自己有睡著過。

即使如此，手機的待機畫面還是無情地顯示時間已經過了三個小時。

「……水。」

沒刷牙就睡的真奧，到流理臺那裡漱口讓嘴巴裡清爽一點後，發現被爐上放了什麼東西。

「喔？」

那是一張紙條，上面的內容和字跡都非常令人意外。

『冰箱裡有飯糰和味噌湯。』

上面沒有署名。

不過，那是真奧非常熟悉的某人的字跡。

打開冰箱，就發現裡面有三個大飯糰，還有附鍋蓋的小鍋子。

真奧一方面覺得感謝，另一方面也好奇為什麼那個人有辦法做這些事。

「哎呀，你醒啦。你馬上就要去上班了吧？要吃飯嗎？」

玄關的門不知為何被擅自打開，做飯糰和味噌湯的人從門後現身。

「……妳在這種地方幹什麼啊？」

「回自己家有那麼奇怪嗎？」

那個人就是穿著熟悉的和服與烹飪服的鎌月鈴乃。

※

在真奧不自覺地挺直背脊，喝著鈴乃重新熱過的味噌湯的期間，他不時偷瞄坐在斜前方的鈴乃。

他腦中首先浮現的疑問，是鈴乃明明前陣子才剛因為大神官授秩的事情回來過，這麼快又再回來一次沒問題嗎？

而另一個疑問——

「……嗯，怎麼了嗎？」

「呃，不，沒什麼。」

「這樣啊。」

鈴乃說完後，再次垂下視線。

則是她不知為何看起來非常無精打采。

雖然不怎麼明顯，但她不僅低著頭，視線也看向斜下方。

無論是開口或停止說話時，也都比平常少了一絲俐落。

當然鈴乃也可能單純只是累了，但如果是這樣，就無法理解她為何要像現在這樣茫然地等真奧吃完飯。

真奧過去也常有機會吃到鈴乃準備的飯菜，但鈴乃幾乎不會特地只為他一個人做料理……或許這次還是第一次。

儘管和鈴乃一起吃飯的次數已經多到記不清了，但鈴乃平常絕對不會像這樣什麼都不做，就只是在等真奧吃完。

「那個，妳剛才都在幹什麼？」

「嗯？啊，你是說這副打扮嗎？」

鈴乃低頭看向自己身上後，如此說道。

「我在利比科古出門時遇見他，從他那裡聽說艾契斯好像出了什麼問題。去找志波小姐後，才知道現在必須一直餵艾契斯吃東西，所以就在那裡幫忙了。」

「這、這樣啊。很辛苦吧。」

真奧一直做飯糰做到早上，所以這某種程度上算是他的肺腑之言，但鈴乃微笑著搖頭。

「這不算什麼啦。艾契斯的食量原本就很大。不如說我對她食量的了解，可能僅次於諾爾德先生呢。」

這麼說或許也沒錯。

「吃完了嗎？餐具交給我洗就好，你去準備上班吧。」

「喔、喔……不過艾契斯她……」

「今天我、諾爾德先生和天禰小姐會一起照顧她，所以不用擔心。如果真的發生什麼事，我會去店裡通知你。你就照平常那樣努力工作吧。」

「喔……喔，我知道了。不過……」

「如果是擔心阿拉斯．拉瑪斯的事情，不好意思，現在只能透過法爾法雷洛聯絡。雖然不曉得能不能馬上傳達到，但這已經是目前的極限了。」

在各個方面，鈴乃都早一步解決了真奧擔心的事情，讓他真的覺得很感激。

「這樣啊，那個，真不好意思。」

「不用在意。」

鈴乃說完後，就迅速收拾真奧用過的餐具，拿去流理臺泡水。

真奧的視線不自覺地追著她的背影。

那個洗餐具的身影，乍看之下確實是真奧熟識的鈴乃，但還是有點奇怪，看不出到底是哪裡不對勁的真奧，決定先準備上班。

「啊，喂……」

「我暫時不會把頭轉過去，要換衣服的話就快點換吧。」

不僅連想說的話都被鈴乃搶先，對方居然還直接要他自便。

「呃，那樣果然還是不太好。」

就算是真奧，要在和女性共處一室的狀態下換衣服，還是需要一點勇氣。

「現在才這樣說也太晚了吧。」

鈴乃以毫無邪念的表情，轉頭向真奧微笑。

「你該不會忘了自己曾對我說什麼制服是採出借制，然後就大刺刺地在我面前脫到只剩內衣襲擊我吧？」

「呃，那個和這個是兩回事……話說當時是妳先來襲擊我的吧！還有講話時多注意一下措辭啦！」

「措辭？這麼說來，明明千穗小姐和艾米莉亞都在看，你卻只穿著一條內褲，滔滔不絕地講解內褲的伸縮性這種沒人想知道的事情呢。」

「是是是，我知道是我不對，拜託妳把頭轉過去。」

被鈴乃像這樣翻舊帳，讓真奧感到非常難堪。

就在他趁鈴乃把頭轉回去洗餐具的期間換好衣服時，已經到了差不多該去上班的時間。

「要出門了嗎？」

鈴乃主動問道。

「嗯、嗯，我今天……」

「要上到打烊吧？我聽利比科古說了。」

「是、是啊。妳……」

「我今天會住在這邊。我上次回來時，其實就想打掃房間了，而且我也很擔心艾契斯。」

「我、我知道了。那麼，別太勉強啊。」

雖然真奧也不曉得有什麼好勉強的——

「路上小心。」

「我、我出門了。」

但為了逃離鈴乃那種不對勁的感覺，真奧快步走出房間。

在看見志波家時，真奧擔心了一下艾契斯，但他現在也無能為力，所以只能先去上班。

十一點開始上班的真奧一到店裡，就發現今天人潮比平常還要早開始聚集，於是快步走進員工間換上制服。

就在這時候。

家裡的鑰匙從褲子口袋裡掉到地上。

他若無其事地將鑰匙撿起來放回口袋，然後注意到一件事。

「對了……鈴乃那傢伙，好像沒有我家的鑰匙？」

※

「唉……」

千穗忍不住重重地嘆了口氣。

「不管怎樣就是會在意。」

明明辭掉了打工，讓自己在心情上遠離安特．伊蘇拉的紛爭，打算認真準備考試的。

千穗露出自嘲的笑容，從窗戶俯瞰街景。

從她上的考試補習班——「千秋學院」幡之谷校的窗戶，能夠看見麥丹勞幡之谷站前店和肯特基幡之谷店。

千秋學院就開在幡之谷站前商店街的住商混合大樓內，千穗之所以選擇這裡，是因為他們的個別指導制度非常完善。

千穗開始準備考試的時間，比一般人還要晚了一點，所以接下來必須迅速縮減志願學校的範圍，擬定相對應的學習計畫。

結果位在千穗的行動範圍內、符合千穗志願學校的水準，又能從四月下旬開始上課的補習

班，就只剩下這裡了。

「根本靜不下來……」

而且這間補習班的最後一個上課時段，是到晚上九點四十五分。

最晚也只能待到晚上十點。

換句話說，回家時間和之前在麥丹勞打工時差不多。

不過，工作和準備考試當然還是有很大的差別。

「我必須集中精神才行。」

打從說出這句話的時候，就等於千穗準備考試的第二步已經受挫了。

在這段期間，或許也有同伴在安特．伊蘇拉遭遇困難。

千穗離開後，麥丹勞的同事在遇到客人多時或許會很辛苦。

在回家的路上，或許會遇見真奧。

「……唉。」

唯一一個和過去的不同點，就是選擇的課程和時段，讓千穗通常都有時間先回家換衣服。

雖然她基本上都還是穿學校的制服來上課，但穿便服走在商店街裡時，感覺非常新鮮。

「話雖如此，也很難在回家時繞到其他地方。」

千秋學院是採個別指導制，所以學生之間都沒什麼交流。

遺憾的是，在千穗做好準備前，好友江村義彌和東海林佳織都已經去上別間補習班了。

儘管現在的班級裡可能也有笹幡北高中的學生，但至少千穗還沒發現認識的同學，而且大家原本就是來念書的，所以應該也不會刻意去和別人交朋友。

目前和千穗直接說過話的，就只有幡之谷校的班主任和助教。

千穗國中時上的補習班是小班制，但還是有約十個學生一起在教室內上課。

而千秋學院是以事先錄影好的課程為基礎，讓學生自行學習，遇到問題時再去找班主任或助教幫忙，所以千穗花了一點時間，才習慣這樣的制度。

不過據助教所言，只要先習慣這個如果自己不主動學習，成績就無法進步的制度，上大學後會比較輕鬆。

大學並不是一個平等地給予所有學生教育機會的地方，所以積極性非常重要。

在知道以切身的角度說出這些話的助教，其實是來這裡打工的大學生時，千穗嚇了一跳。

班上的四位助教，念的都是在都內赫赫有名的大學，在學成績當然也很優秀。

再加上他們對大學考試的記憶依然猶新，所以能夠貼身地指導考生們。

補習班老師是個會影響許多人未來人生的職業，所以千穗一直毫不懷疑地認為所有人都是正式職員。

不過來這裡打工的助教是名校出身這點，對考生來說非常有魅力。

助教們上的學校，同時也是許多考生的志願校，所以能夠從他們身上獲得許多光靠網頁和宣傳小冊子無法取得、和校內生活有關的第一手資訊，這點也獲得很高的評價，千穗在得知世界上也有這種「工作」時，還覺得大開眼界。

「再過兩年，我也會變成那樣嗎？」

看在千穗眼裡，這些年約二十歲的助教們，和她平常接觸的「大人們」幾乎沒什麼兩樣。甚至像木崎與岩城那樣，散發出社會人的氣息。

不過千穗自己只要再過兩～三年，就會追上他們的年齡。

「鈴木小姐……明子姊……清水小姐……」

千穗想起這些比助教更加親近，但和他們同年代的「大人」。

對千穗來說，無論是鈴木梨香、大木明子還是清水真季，在和助教們不同的意義上，都是「成熟的大姊姊」。

千穗並沒有膚淺到認為只要到了她們的年齡，就會自然變得和她們一樣，但光是像現在這樣念書，一定也無法變成那樣。

「嗯……」

畢竟在平時來往的那些人當中，千穗的立場就像個「么女」。

姑且不論真奧這些安特．伊蘇拉的成員，就連在日常生活中和好友東海林佳織相處時，她都經常被對方掌握主導權。

千穗在社團裡並沒有交情比較深厚的學弟妹，反倒是有許多學弟妹因為念的國中一樣，而非常親近江村義彌。

仔細想想，自己好像從小就一直在憧憬別人。

小時候是長野的堂哥。

上高中後是拿白色竹弓的社團前輩。

然後現在也總是拿身邊的大人和自己比較，遲遲不曉得自己想走什麼樣的路。

千穗身邊的大人們總是對她說不用著急，千穗也每次都接受了他們的說法。

不過，像這樣恢復成一個高中女生後，她才發現自己比想像中還要得過且過。

令人困擾的是，她原本成績就不差，所以很快就跟上了補習班的課程，在偶爾舉辦的用來確認學習進度的考試中，也拿到了不錯的分數。

所以千穗反而搞不懂自己想透過這個「好成績」獲得什麼，明明才上了不到兩個星期的補習班，她就已經開始無法將精神集中在課程上。

清水真季告訴她可以先以最能拓展自己選項的地方為目標。

梨香告訴她除了自己配合別人以外，讓別人主動靠近自己也很重要。

木崎告訴她如果真的珍惜真奧，現在就應該要專注在自己的事情上。

不過到底該怎麼做，才算是以自己的事情為優先呢。
自己在精神方面的步調，真的是緩慢到連自己都覺得討厭。
感覺每個月都會陷入一次這樣的煩惱。
雖然每次都覺得自己好像找到了答案，但只要環境稍微像現在這樣改變，內心就會再次動搖。
「我……到底想怎麼做……啊。」
千穗開始憎恨起明明在想這些事，卻仍像個優等生般好好將課程的重點抄成筆記的自己。
在她心不在焉的期間，這堂課已經結束了，她確認了一下時間後，發現周圍的人已經開始收東西準備回家了。
「呃──雖然明天沒有課……但還是借一下自習室好了。」
如果在家裡念書，感覺會吸引來自異世界的聯絡，所以千穗這幾天都積極地借用補習班的自習室。
千穗收到來自安特．伊蘇拉的聯絡時，通常都是發生了緊急狀況。
雖然她並不是想要無視那些聯絡……
「啊……」
但不巧的是，千穗能來自習室的時間，都已經被人預約了。

她本來想找助教商量，但助教也正好被四～五個學生圍繞，看起來要再過一段時間才會有空。

「唉，明天就算了。我先回去了！」

「啊，路上小心喔！」

和清水真季一樣是念早生多大學的女助教青木，用響亮的聲音對準備回家的千穗喊道。

千穗回頭行了一禮後，走出校舍，幡之谷的夜晚已經變得宜人許多，她用力吸了一口氣。

「嗯～！」

因為一直坐著，所以腰附近的肌肉都變僵硬了。

就在千穗用力伸了個懶腰，稍微斜眼看向麥丹勞的方向準備回家時。

「哈囉。」

「咦？」

因為這個招呼聲聽起來實在太自然，千穗一轉過頭——

「……有什麼事嗎？」

就發現自己被三名陌生男性包圍，表現出警戒的態度。

雖然感覺年齡差距不大，但千穗確定自己不認識他們。

這大概是——

「妳是千秋學院的學生吧？我也一樣，今天的課程已經結束了吧。妳肚子餓不餓？接下來要不要一起去附近的小麥或小肯吃個飯？」

千穗是第一次遇到這種情況，不過這明顯是搭訕。

雖然對方自稱是千秋學院的學生，但打扮看起來非常輕浮，而且千穗也不曾在補習班內看過他們。

千穗以前打工下班回家時，從來沒遇過這種狀況。

她露骨地露出厭惡的表情。

雖然千穗覺得身為高中三年級生的自己在回歸考生的本分後，周圍的環境也稍微改變了，但她並不期望這種無趣的變化。

跟打工時一樣，她是走路過來，不過為了防範這種事，看來以後有必要改騎自行車了。

「我很累，所以要回家。」

儘管現在是晚上十點，但幡之谷站前人還是很多。

因為覺得這些搭訕的傢伙應該不至於亂來，千穗隨便打發他們，想要擺脫他們的包圍。

「哎呀，反正妳回去也是念書吧？必須吃一點甜的東西，替頭腦補充糖分啦。」

一開始過來搭話的男性，意外強硬地擋住千穗的去路。

「我不想和不認識的人一起吃飯。」

「我們都是千秋的學生，一起加深交流，交換考試的情報啦。」

「……唉。」

千穗嘆了口氣。

看來被麻煩的傢伙纏上了。

雖然目前無法判斷對方是否真的是千秋的學生，但如果在這裡掀起騷動，或許會給補習班、麥丹勞或肯特基添麻煩什麼的……千穗完全沒有這樣的想法。

如果這些人真的是千秋的學生，隨便向補習班告狀，或許會反過來招致怨恨。

可是若強硬地甩開他們，之後在沒什麼人的地方再次被他們纏上也很麻煩，所以千穗認為現在最好的方法，應該是乖乖走進麥丹勞找人幫忙。

不過——

在發現一件事後，千穗沮喪地輕輕點了一下頭。

或許是從千穗身上感覺到放棄的氣息，年輕人們開始露出低俗的喜悅表情。

「那麼，我們去唱卡拉ＯＫ吧！一起暢快地發洩壓力吧！」

雖然不曉得話題是怎麼跳到唱歌，但千穗狠狠瞪向男性。

「剛才不是說吃飯嗎？」

「卡拉ＯＫ也能吃飯啊。妳應該知道吧？好了，我們走吧。」

因為他不客氣地想抓住千穗的手——

「不要碰我。」

所以千穗刻意以有些強硬的語氣，揮開對方的手。

「痛……有什麼關係，幹嘛這麼見外……」

「我說不要碰我，你沒聽見嗎？」

「……喂，雖然我們也不是什麼溫柔的角色，但又沒有想對妳怎麼樣……」

「我說了不、要、碰、我吧？我想你們還是就這樣死心比較好。」

「……妳幹嘛露出這麼恐怖的表情……」

「不然的話……」

「喂。」

此時，突然傳來一道粗厚的聲音，一個巨大的人影落在男子們的臉上。

「你們在這裡幹什麼？」

「啊？你誰…………咦？」

搭訕的年輕人們驚訝地轉向聲音的方向，在看見足以占據整個視野的景象後又表現得更加吃驚。

那是一具比三個年輕人加起來還要巨大的身軀，以及一張下巴線條明顯又充滿魄力的臉。

「咦……啊……唔。」

明明能夠大剌剌地搭訕，這些年輕人卻似乎不擅長動粗，一看見穿便服的利比科古的人類型態，就嚇得腿都軟了。

「你們找我家老大有事嗎？」

「老、老大？」

「老大……唉，雖然這樣說也沒錯……」

千穗一露出苦笑，年輕人們就開始發抖。

「老大，這邊請。」

「好的，不好意思。」

利比科古一呼喚千穗，後者就悠悠地穿過年輕人們的包圍，躲到利比科古背後。

「那麼，如果你們找老大有事，可以直接跟我講喔？」

「不、不……那個，失、失禮了……」

年輕人們低調地想逃跑，利比科古用粗厚的聲音補了一句。

「喂，小鬼們。我就在附近的店裡工作。如果再被我看見你們做這種傻事……知道會有什麼下場吧。」

「……咿！」

千穗看著搭訕的年輕人們害怕地消失在人群中後，輕輕嘆了口氣，向利比科古行了一禮。

「不好意思，謝謝你的幫忙。」

「真搞不懂妳，那種傢伙只要隨便教訓一下就行了吧。」

雖然這句話聽起來實在不像是幫忙解圍的人會說的臺詞，但千穗苦笑地搖頭。

「我不會能夠直接用的攻擊型法術喔。」

「……我經常在想，真虧妳當時敢阻擋在我面前呢。」

利比科古應該是在講兩人初次於笹幡北高中頂樓碰面時的事情。

「雖然和勝算有點不一樣，但不管這次或那次……我都有事先想好被人拯救的計畫。」

「是嗎？剛才要不是我剛好下班……」

「那也沒關係，這裡人很多，只要大聲呼救或是直接逃跑，一定會有人來幫忙。」

「現在應該有很多人會裝作沒看見吧。我之前在電視上看過。」

魔界的惡魔，馬勒布朗契的頭目居然主張自己看過電視。

雖然這讓千穗覺得有點好笑，但她當然也明白這種事。

「沒問題啦。有岩城店長和沙利葉先生在，而且麥丹勞裡沒有那種會無視外面騷動的人。這個時間的客人也沒那麼多。就這層意義來說，我一點都不害怕。」

「……妳習慣這種場面的方式還真奇特。」

利比科古雖然驚訝，但同時也露出傻眼的笑容，千穗也跟著微笑。

「不過照妳這麼講，不如說我反而不應該出面。」

「咦？才沒有這種事。利比科古先生真的是幫了大忙，我也是因為看見你的身影，才能夠保持冷靜。」

「話雖如此，妳在剛才那種時候，應該會比較希望被魔王大人救吧？」

因為利比科古的語氣實在太稀鬆平常，而且又一臉正經，讓千穗慢了一拍才反應過來。

「怎麼連利比科古先生都知道啊……」

「呃，之前艾米莉亞的那個女性好友，好像有說過類似的話。」

梨香到底是在什麼樣的情況下，對利比科古說了那種話，而利比科古又為何正常地聽懂了呢。

「魔王大人昨天也被捲入了麻煩事，所以今天很累。不如我送妳回家吧。」

雖然千穗感激地接受了這個提議，但她當然也很在意利比科古說的麻煩事是什麼。

不過——

「……這樣啊。請你幫我跟他說別太逞強。」

「喔。」

關於那件麻煩事，沒有任何人通知千穗。

然後，在回到家前的這段時間，千穗也沒問利比科古為什麼真奧會那麼累。

利比科古似乎也察覺了千穗的心情，再加上他原本就不是個健談的人，所以回家的路上幾乎什麼也沒說。

「唉，雖然這種話可能輪不到我說，但妳也別把自己逼得太緊。再見啦。」

然後，利比科古很普通地在千穗家前面和她道別，踏上歸途。

「好的，謝謝你。利比科古先生也路上小心。」

千穗回到自己的房間後，將今天上課的講義和筆記放到書桌上，她推測母親應該會替自己準備晚餐，於是前往客廳。

不出所料，母親正在替她加熱已經有點冷掉的晚餐，千穗心不在焉地望向電視，發現母親剛才似乎在看體育新聞。

聽著主播興奮地報告國際足球比賽的結果，千穗開始想像真奧遇到的麻煩事。

應該不是安特·伊蘇拉那裡發生了什麼狀況。

如果是那樣，利比科古一開始就會這麼說，現在應該也會有人聯絡千穗。

但若不是安特·伊蘇拉的事情，應該就是公寓的生活，或麥丹勞的工作遇到了突發狀況。

「……如果是那樣的話，明明可以聯絡我。」

「千穗？妳剛才說什麼？」

「沒事，沒什麼。」

千穗也覺得自己說的話很無理取鬧。

明明她前陣子才向真奧抗議，要他別把自己當成聯絡人。

利比科古當時也在場，所以今天才沒對什麼都沒問的千穗，吐露多餘的情報。

「好了，久等了。」

「嗯，我開動了。」

千穗慢條斯理地吃著重新熱過的晚餐，在心裡想著。

不曉得真奧有沒有好好吃飯。

他該不會因為和利比科古一起生活，就草率地解決吧。

應該沒有被艾契斯敲詐吧。

……大家現在都在做什麼呢？

「怎麼了，千穗？又要涼掉囉？」

母親在注意到女兒都沒動筷後，如此問道，千穗輕輕搖頭回應，稍微加快用餐的速度。

新聞報完時，千穗也吃完飯了，她表示要複習補習班的課程，就這樣快步回到二樓。

然而，千穗看也沒看晚餐前就準備好的書桌，直接抱著枕頭躺到床上。

「……要是鈴乃小姐，能乾脆辭掉大神官的職位就好了。」

然後，她又開始說些無理取鬧的話。

鈴乃之所以在安特・伊蘇拉那麼辛苦，甚至還當上了大神官，全都是為了實現阿拉斯・拉瑪斯，以及當初聚集在公寓裡的六個人的願望。

不過要是鈴乃在二〇二號室，千穗就有理由去Villa・Rosa笹塚了。

只要有鈴乃在，千穗就算去公寓也不會讓母親擔心。

只要拜託鈴乃讓自己在二〇二號室念書，她就能清楚知道真奧他們的情況。

只要有鈴乃在，就能拜託鈴乃幫忙注意真奧他們有沒有好好吃飯。

千穗腦中充滿了這種任性又自私的想像。

「……要是我……有像鈴乃小姐那樣的力量。」

家事能力、戰鬥能力、精神性、包容力、知性，以及年齡。

自己不管在哪方面，都贏不過鈴乃。

與千穗最親近的成熟女性不是別人，正是鈴乃。

千穗打從心底羨慕能在現在這狀況獲得真奧的信任，和真奧站在對等的立場行動的鈴乃。

「……唉……對不起，鈴乃小姐。」

雖然沒被本人聽見，但利用鈴乃進行這種膚淺的想像，還是讓千穗忍不住發出聲音道歉。

鈴乃也有只有她自己才能理解的辛苦和煩惱，她也是經歷了許多努力和辛酸，才變成現在這樣，略過這些事情，直接將自己和鈴乃調換，實在是太卑鄙了。

不過即使明白這點，千穗還是無法停止這種無意義的想像。

之前也發生過這種事。

在那個冬天，千穗也曾經因為非常無聊的原因，變得無法壓抑對惠美的嫉妒。

她就是在那一天明白自己的膚淺和卑劣。

這麼說來，那天安慰自己的人也是鈴乃。

自己到底該怎麼做，才能變成像惠美、鈴乃、梨香、明子、真季、岩城和木崎那樣的成熟女性？

不知道。

不知道。

只要繼續和其他人一樣念書並考上大學，度過普通的大學生活，就能找到答案嗎？

千穗完全不這麼認為。

她不覺得自己有辦法做出什麼成就。

自己至今到底都在幹什麼。

自己有做出什麼成就嗎？

是鈴乃指名千穗去取得亞多拉瑪雷基努斯的魔槍。

但引發奇蹟的人不是千穗。

千穗只是站在奇蹟的中心，引發奇蹟的人是擬定計畫的鈴乃、將思念遺留在那裡的亞多拉瑪雷克，以及打造出那個舞臺的迪恩・德姆・烏魯斯、萊拉、諾爾德、梨香、艾契斯和利比科古。

我一點力量也沒有。

「……嗚嗚。」

與其想這些事情，不如立刻趁夜前往二〇一號室，但認真的自己和平凡的自己踩了煞車，告訴自己即使這麼做也無法解決任何事情。

明明什麼都辦不到，卻還一直表現得像個乖孩子，好像這是什麼優點一樣，千穗開始討厭起自己這種平凡的部分。

另一方面，這種平凡的部分也開始喝斥自己，明明是聽了許多人的意見才走上這條路，怎麼才過幾天就想要放棄。

這是必須跨越的第一道牆。

就像為了考試，對朋友、社團活動、打工和遊樂設下限制一樣。

不對。

自己心裡的某樣事物，立即否定了這點。

那是夢。

安特．伊蘇拉的一切，對千穗來說都是希望能夠實現的「夢」。

就像運動少年想成為職業選手。

受到漫畫吸引的孩子想成為漫畫家。

或是夢想著閃耀的舞臺，想要成為明星。

安特．伊蘇拉是千穗為了活下去，想要當成目標的「夢」。

目前正在走的這條路，是否通往那個夢呢？

要怎麼做，才能通往那個夢的前端呢？

不知道。

不知道。

「啊……真是的……嗯～～」

千穗從喉嚨深處發出誇張的呻吟，希望有人能發現自己這無從宣洩的心情。

但她果然還是不想被母親聽見，所以將臉埋進枕頭。

但仍繼續呻吟。

她從來沒想過自己的內心居然這麼軟弱。

之前太得意忘形了。

因為被蘆屋、鈴乃、惠美和艾美拉達稱讚，所以就誤以為自己是個堅強的人。

其實根本就沒什麼大不了，自己一個人時，就連搭訕的男人都趕不走；才上了幾天補習班，就開始找理由不念書；甚至還拿重要朋友的優點和自己的缺點進行比較，沉浸在這種沒出息的想法當中，自己就是這種無可救藥的撒嬌鬼。

一定就是因為這樣，真奧才會遲遲不回覆自己的告白。

這樣下去不管再過幾年，自己都不會改變。

這麼一來，真奧一定會忘記告白的事情，在自己不知道的地方擊敗天界，然後為了處理後續的事情留在安特・伊蘇拉。

千穗不希望事情變成那樣。

她想像以前那樣，和大家一起吃飯。

蘆屋和鈴乃一起做飯，漆原不情願地陪阿拉斯・拉瑪斯玩，自己則是負責安撫因為惠美說的話，露出厭惡表情的真奧。

一旦鈴乃當上大神官。

真奧、蘆屋和漆原為了魔界的惡魔們，在安特・伊蘇拉創造出新的「惡魔族」。

惠美帶阿拉斯・拉瑪斯回去見家人。

那樣的日子就再也回不來了。

而且也不能回去。

自己根本就沒有那個力量、資格與價值，去拜託大家那種事情。

因為只有自己是日本人。

「……嗯？」

就在這時候。

千穗感應到微弱的聖法氣，將臉從枕頭上移開。

反應真的相當微弱。

不過正是因為這幾天都完全沒有接觸到聖法氣，千穗才能感覺得到這微弱的變化。

千穗發現來源是在書桌的抽屜裡，於是便從抽屜裡拿出一個小盒子打開。

「……這……這是？」

鑲有「基礎」碎片的戒指，發出淡淡的光芒。

除此之外，就沒有任何反應。

不過，至今從未發生過這種事。

除非千穗或其他人進行干涉，否則「基礎」碎片應該會一直維持透明度高的紫色寶石的姿態。

「……」

千穗輕輕將裝著戒指的小盒子抱在懷裡，稍微思考了一會兒。

※

「喂，這是什麼？」

雖然已經睏到站不穩，真奧仍指著放在房間角落的某個東西問道。

利比科古似乎也預料到這個問題，但還是有些困惑地指向二〇二號室的牆壁。

「啊？她特地搬過來的嗎？搬來這裡？而且還放著不管？」

也難怪真奧和利比科古會感到困惑。

利比科古回到家時，這台無葉風扇就已經被放在二〇一號室裡了。

「好像是這樣。」

「她到底想怎樣。雖然我想直接問她，但既然燈是關著，表示她應該已經睡了。你幾點回來的？」

「大概十一點多。我還有去澡堂。」

「咦？你十點就下班了吧？中間跑去哪裡了？」

「呃……那個。」

利比科古變得有些支吾其詞。

「……我在回家的路上，遇到了佐佐木千穗。」

「遇到小千？」

「因為發生了一些事，所以我送她回家。」

「……這樣啊。嗯，辛苦你了。」

利比科古表現得欲言又止，但真奧現在似乎也不打算積極談論千穗的事情，所以他只有稍微慰勞一下利比科古，沒有繼續追問就回到原本的話題。

「雖然現在這時期，還用不到這個東西，不過天氣確實很熱。對她真是不好意思。因為我沒有把鑰匙給她，所以她應該無法離開公寓吧。」

「……不，她說她還是有正常地出門買東西，也有去房東家。」

「真的假的。」

真奧忍不住指責不在場的鈴乃，不過這間公寓確實不太可能遭小偷，所以感覺這也是無可奈何。

實際上也真的沒什麼東西好偷。

「嗯？那她為什麼要把這個放在這裡。還有啊。」

仔細一看，房間裡除了電風扇以外，還多了其他東西。

「這是鈴乃家的東西吧，那傢伙到底在幹什麼。」

冰箱上面，放著一個像小型果汁機的東西。

真奧不用特別確認就知道那不是二〇一號室裡的東西，大概是鈴乃基於什麼原因拿過來的吧。

「唉，算了，明天再問鈴乃理由吧……既然她沒特別跟我聯絡就睡了，表示今天艾契斯的情況應該穩定下來了。喂，明天也會很累，早點睡吧。我要鋪床了。」

「魔王大人，您明天也跟我一樣是從早班開始上吧。」

「我拜託岩城店長讓我改成從下午開始上班了。不曉得算不算是幸運，其他店似乎能派人過來支援。我也很擔心艾契斯的狀況。」

「貝爾那傢伙也莫名其妙地說要過去幫忙煮飯，到底是發生了什麼事情？」

「坦白講，我也不太清楚……但應該是個不太好的徵兆。」

艾契斯身體不舒服，也會對滅神之戰造成影響。

尤其是目前只有艾契斯一個人有辦法對付那個神祕的太空人。

除此之外，艾契斯在笹幡北高中和皇都蒼天蓋時，都幫真奧化解了許多危機。

雖然真奧不打算完全依靠艾契斯，但她和阿拉斯．拉瑪斯一樣，都是應該被拯救的質點之子。

真奧不想讓她在不舒服的情況下面臨決戰。

「話說鈴乃那傢伙，有提到什麼和安特．伊蘇拉有關的事嗎？不如說，為什麼她能夠回來啊？」

「呃……她並沒有特別說什麼。我回來的時候，她已經在這個房間睡著了。」

「啊？」

鈴乃的狀況果然有點奇怪。

她上次回來時，明明還因為被封為大神官的事情大受打擊。

那天晚上，大家一起去吃了烏龍麵，順便重新討論今後的方針，鈴乃最後回去時應該也釋懷了。

不過，她對這件事果然還是有些想法。

雖然鈴乃不可能丟下工作逃跑，但仍需要找人傾訴吧。

「唉，畢竟她也是大元帥。我偶爾也該做些像魔王的事情。」

「人類真是麻煩。」

「你以後也經常要面對這種事。那麼開始鋪床吧。先去壁櫥拿棉被……喂，這是什麼？」

真奧一打開壁櫥，就發現平常被漆原占據的第二層，放了一個陌生的大型機器，讓他嚇了一跳。

之所以覺得陌生，並不是因為那個機器不屬於他，而是他連那個機器的用途都看不出來。

「看來狀況比想像中還要嚴重。」

這一定也是鈴乃搞的鬼，這讓真奧開始有點害怕明天的到來。

隔天。

今天要上整天班的利比科古吃完早餐去上班後過了約一小時，隔壁突然傳來鈴乃開始活動的聲音。

她移動某種大型物體的聲音，讓真奧皺起眉頭，他看了一下手機，發現已經是起床也不奇怪的時間，所以直接離開棉被，來到公共走廊。

「啊……魔王。不好意思，吵醒你啦。」

接著，鈴乃也來到走廊，她不知為何抱著一個微波爐。

「呃，算了……妳一大早就在幹什麼啊？」

鈴乃有些尷尬地將視線從真奧身上移開。

「……沒什麼，我只是想丟大型垃圾。」

「大型垃圾？妳該不會要把那個微波爐丟掉吧？」

仔細一看，鈴乃懷裡的微波爐側面，貼著一張顯示已經繳過澀谷區規定的大型垃圾處理費的貼紙。

而且鈴乃打算丟掉的那個微波爐，不管怎麼看性能都遠比二〇一號室的好，看起來也比較新。

「喂，妳從昨天開始到底是怎麼了？」

「……沒什麼。」

鈴乃突然移開視線，讓真奧傻眼地說道。

「要撒謊也撒得認真一點，至少別讓我發現妳有異常啦，笨蛋。以妳過去的工作經驗，應該不會連這點都不懂吧。」

「吵、吵死了。讓開啦。這個必須在早上九點前拿出去。」

鈴乃皺起眉頭，將視線從真奧身上移開，她的眼睛底下隱約能看見黑眼圈。

眉頭皺得比鈴乃還深的真奧，將微波爐從鈴乃手上搶了過來。

「別說蠢話了。給我拿來！」

「啊！你幹什麼！」

「丟掉太浪費了，所以不如給我。我現在確定了，妳打算把那臺電風扇和壁櫥裡的神祕機器都推給我們吧？那個接著管子又大得莫名其妙的機器到底是什麼？」

「……那是，烘被機。」

「烘被機？」

這個從外形完全想像不到的功能，讓真奧莫名覺得有點好笑。

或許是以為自己被真奧瞧不起了，鈴乃紅著臉低下頭。

「因為買了之後幾乎沒用過……丟掉太可惜了。」

「喔，這樣啊。要丟應該也是丟那個吧。要是被人知道妳丟了這麼新的微波爐試試看，就算不是自己的東西，蘆屋還是會氣到發瘋喔。」

「這、這跟你們無關吧。我自己的東西，要怎麼處理是我的自由……」

「如果發現部下狀況有異，當然要趁還能挽回時好好傾聽，這也是在上位者的義務。惡魔大元帥克莉絲提亞．貝爾。」

「……唔。」

鈴乃至今曾多次利用惡魔大元帥的立場，對魔王撒旦提出各種要求。

因此真奧像這樣反擊過後，感到有點暢快。

不過一發現鈴乃仍低著頭看向腳邊，那微薄的優越感就立刻消失了。

「我今天下午才開始上班，雖然有點晚了，但陪我吃個早餐吧。」

「咦？」

這個突然的邀請，讓鈴乃露出驚訝的表情，但反而是真奧別開了臉。

「我最近也多少變得能夠理解了。」

說著說著，真奧抱著微波爐走進二〇一號室。

「喂、喂！」

然後，真奧以行雲流水的動作撕下大型垃圾的貼紙。

「喂？」

「既然要丟的話，不如由我收下，再把我家的丟掉。」

真奧在說話的同時，將貼紙貼上二〇一號室的微波爐，在發現黏不住後露出困惑的表情。

「咦？為什麼黏不上去？」

「因為這被設計成無法重複黏貼。不然放在外面時會被偷走吧。」

「真的假的。咦？這樣難道要重買嗎？」

「背面能夠當成副本，只要出示給回收業者看就行了……你難道都沒用過嗎？」

「沒有。我從來沒買過丟掉時會被當成大型垃圾處理的東西，雖然知道有這種貼紙，但連要去哪裡買都不知道。便利商店有賣嗎？」

「嗯，說得也是。哈哈……哈哈哈哈哈。」

「……鈴乃。」

鈴乃的笑聲，逐漸變得低沉。

「哈哈……唉……對不起。照理說，不應該變成這樣的。」

「妳就那麼不想升官嗎？」

「……」

鈴乃沒有回答。

不過只要看過她的表情，任何人都能看出她的真實想法。

「因為昨天才發生過那樣的事情，所以我也沒什麼立場這麼說，但妳還是睡一下吧。妳的臉色很差喔。」

「……這邊。」

「嗯？」

「可以讓我睡在這邊的房間嗎？」

「啊？」

不用特別確認，也能知道鈴乃說的是二〇一號室。

但這個請求實在太莫名其妙了。

「我想不用說妳也知道，我們沒有客人用的棉被……」

「我知道。但我想在這邊睡。」

「…………呃…………呃，隨便妳吧。」

真奧心裡湧出一股強烈的不祥預感，打算抱著微波爐和大型垃圾處理貼紙的背面逃到外面，但被某人抓住了衣襬。

「我、我今天會把鑰匙留下來……」

「你下午才開始上班吧？在那之前我會醒著。」

真奧戰戰兢兢地轉過頭，然後與表情像是在求助的鈴乃對上視線。

真奧對這個表情有印象。

在參加滅神之戰之前。

在某個冬天的夜晚，這棟公寓的走廊。

「我有點累了。」

對方用微弱的聲音。

「……」

真奧莫名地對利比科古已經去上班，以及艾契斯正因為身體不舒服待在志波家這點感到鬆了口氣。

然後，真奧發出嘆息，冷淡地推開正抓著自己衣襬的鈴乃的手。

接著——

「唔？」

他以非常輕微的力道，用手上的微波爐敲了一下鈴乃的頭。

「你、你幹什麼啊？」

鈴乃當然開口抗議，真奧像是發自內心感到疲憊般不滿地說道：

「妳反應幹嘛這麼激烈啊，笨蛋。又不是真的會痛。」

「居、居然在人家心情低落的時候……！」

「心情低落就要說出來，想請假就要提出申請。」

「申請？」

「惡魔大元帥克莉絲提亞．貝爾，我跟妳是什麼關係？」

「你在說什麼啊！」

「如果妳有什麼誤解，我就現在跟妳說清楚，在魔王軍不要期待別人會主動察覺妳的心情。我們只會報告、聯絡和商量必要的情報。難道不是嗎？」

「……唔。」

「不然是怎樣？我們什麼時候變成了必須敏感地察覺妳心情的關係？」

雖然真奧用了非常迂迴的說法——

「吵、吵死了！」

但從鈴乃滿臉通紅、眼角泛淚的樣子來看，她有確實聽懂真奧的話。

「吵的人是妳。」

「你、你要去哪裡？」

真奧冷淡地說完後就準備走出去，鈴乃以接近慘叫的聲音朝他的背影喊道，但真奧像是真心感到麻煩般看向抱在懷裡的東西。

「我去丟個大型垃圾就回來。都老大不小了，別露出那種像狗被拋棄的表情。還有，這個微波爐我收下了，之後我可不會還妳。」

真奧瞄了一眼時鐘後，就走出房間。

「……」

鈴乃呆呆地留在原處，但真奧出去約五分鐘後，公寓外面就傳來大貨車停車的聲音，再過了約五分鐘，真奧就回來了。

面對仍像十分鐘前那樣僵在原處的鈴乃，真奧盤腿坐下，用手托著下巴問道：

「所以呢？妳到底在煩什麼無聊的事？」

※

真討厭自己軟弱的意志。

星期六早上，千穗站在Villa・Rosa笹塚的前面。

從外面來看，似乎沒什麼異常。

二〇一號室和二〇二號室的窗戶都關著，無法從外面確認裡面的狀況。

「真奧哥和利比科古先生，應該都去上班了吧……啊。」

千穗看向庭院，發現平常停在那裡的自行車不見了。

這樣至少能確定真奧去上班了。

既然真奧有去上班，就表示目前沒發生什麼大問題，儘管「基礎」碎片發出微弱的光芒，但也不必急忙跑來這裡。

雖然千穗有一部分是為了避免自己晚上繼續煩悶地想些多餘的事情，才會來到這裡，但沒人在也無可奈何。

千穗原本打算轉身離開——

「咦？」

但她突然在公寓圍牆內發現一道嬌小的人影，於是停下腳步。

從位置上來看，對方是在入口的另一側。

一個少年坐在靠近一〇三號室牆壁的地上，無聊地仰望天空。

「伊洛恩弟弟？」

「……啊，千穗。早安。」

伊洛恩一發現千穗，就拍拍屁股起身跑向她。

「二樓的兩個人都去工作了。其他人都在那裡。」

「那裡？」

伊洛恩指向隔壁的志波家。

「諾爾德先生在志波小姐家嗎？」

雖然不曉得有什麼事，但千穗也沒那麼了解諾爾德的生活，只覺得偶爾可能會這樣——

「千穗也是來探望艾契斯的吧？」

「咦？」

但「探望」這個詞讓她皺起眉頭。

「艾契斯怎麼了嗎？」

「妳不知道嗎？她這兩三天身體一直不舒服。」

「對不起……我完全不知道……我最近很少和真奧哥聯絡。」

「我知道。妳忙著在準備考試吧？艾契斯也說不能給千穗添麻煩。」

「可、可是如果她身體不舒服，我還是會想來探病。艾契斯還好吧？」

「不知道。不過天禰叫我不要靠近她，所以我今天也一個人看家。」

「這樣啊。聽起來很嚴重。雖然已經過了那個時期，但該不會是流行性感冒，或是細菌性腸胃炎吧……？」

既然不能靠近，表示應該是會傳染的類型吧。

「天爾也不曉得原因。妳剛才說腸胃炎？那是肚子的病吧？或許是那個也不一定。」

「是嗎？」

「嗯。」

平常就缺乏表情的伊洛恩，若無其事地說道：

「她每天都要吃兩百個飯糰。」

千穗自然地反問：

「你聽錯了吧。」

「我沒有聽錯。是兩百個沒錯。」

「吃那麼多，肚子應該會壞掉吧？」

「不對喔，千穗。她是身體不舒服後，才變得能吃兩百個飯糰。」

「不是因為吃了兩百個飯糰才搞壞肚子嗎？」

「就算是艾契斯，平常應該也做不到這種事。」

「嗯～抱歉，我好像有點混亂了！」

雖然大家都知道艾契斯的食量非比尋常，但一天吃兩百個飯糰感覺已經超出常識的範疇。

而且綜合千穗從其他人那裡聽到的情報，艾契斯就算狀況好的時候，也頂多只能吃將近四十個麥丹勞漢堡。

假設那兩百個飯糰的尺寸都和便利商店賣的一樣，那她至少一天會吃二十公斤。

也就是大約六十杯米。

而且還是每天。

姑且不論買米的錢，煮飯的電費也不可小看。

話說到了這個地步，與其用「杯」不如用「升」來計算。

如果沒有營業用煮飯鍋，或許會連煮都來不及煮。

「而且如果用太便宜的米，她還會不高興。」

「也太任性了吧？」

「這也沒辦法。如果不滿足她，她好像就會從臉射出驚人的光線。」

「感覺狀況好像比想像中還要嚴重？」

既然連伊洛恩都說是驚人的光線，那想必真的很驚人吧。

「基礎」碎片的光，就算具備物理上的破壞力也不奇怪。

「吶，到底發生了什麼事？我其實是因為碎片發出不可思議的光芒，擔心會不會是艾契斯

或阿拉斯・拉瑪斯妹妹出了什麼事，才會跑來這裡。所以，她有沒有發生什麼嚴重的事情？」

「……對不起，『基礎』的事情我也不太清楚。小美只說可能是『失控』，但和我那時候完全不一樣，所以什麼都不確定……」

「啊，對、對不起……」

伊洛恩身上曾發生過被像黑影的金屬包覆的現象，最後還在新宿的地底害地下鐵停駛，所以這個問題實在是太不識相了。

「不過，艾契斯好像是在阿拉斯・拉瑪斯她們前往安特・伊蘇拉後，才忽然變得不舒服。雖然不曉得原因，但應該不可能毫無關連……如果妳有空……可以去看看她嗎？如果千穗去看她，她一定會很高興。」

「……嗯。可是……啊！對了！那個，可以讓我進去諾爾德先生的房間嗎？」

「咦？讓千穗進去應該沒關係，不過為什麼？」

面對伊洛恩的問題，千穗用力握緊雙拳，堅定地說道。

「既然要去探望艾契斯，怎麼可以空手去呢？」

暫時與伊洛恩道別後，千穗衝進笹塚附近的超市，幾乎沒看價格就盡可能把提籃塞滿，在結帳櫃檯付了自己也是第一次看見的金額，然後忍著提沉重塑膠袋的痛苦，再次返回公寓。

「唔哇！好多東西喔！」

「伊洛恩弟弟！可以麻煩你幫忙嗎？」

「嗯！我每天都在幫諾爾德。儘管吩咐我吧！」

伊洛恩在看見大量食材後，眼神變得閃閃發亮，千穗摸了一下他的頭後，捲起袖子鼓起幹勁。

「……要上囉！」

※

「咦？鈴乃小姐？」

「咦？千穗小姐？」

「真是來自上天的幫助啊啊啊啊啊啊！不用問也知道那些是飯吧？是糧食吧？」

雖然最後那句話聽起來像是艾契斯的臺詞，但說話者是幾天沒見就變消瘦的天禰。

天禰沒獲得允許，就直接搶走千穗手上的鍋子，衝進艾契斯睡的房間。

「艾契斯！是千穗煮的飯喔！」

「真的假的！」

聽起來甚至比平常還要有精神的艾契斯的聲音傳進千穗的耳中——

「唔哇不會吧居然一口就吃光了！」

等千穗走進房間時，千穗家三個人一天還吃不完的整鍋燉菜，已經被吃得一滴不剩。

「好吃啊啊啊啊啊啊！」

「如何？夠撐一會兒嗎？下一鍋飯還要再二十分鐘才會煮好！」

「感覺勉強可以！」

「天禰小姐，妳還好吧！我另外還有準備很多東西，也有煮飯喔！」

「妳是女神啊！」

講話方式變奇怪的天禰，甚至流下了眼淚。

「鈴乃小姐，伊洛恩弟弟在諾爾德先生的房間幫忙加熱關東煮！我改變調味方式做了三種，可以麻煩妳照煮好的順序端過來嗎？」

「我知道了！」

雖然千穗和鈴乃都很在意對方為何會在這裡，但在看見艾契斯的狀況後，這些事也只能晚點再說。

千穗稍微看了一下，就發現艾契斯睡的房間牆壁和天花板上，多了許多洞和傷痕。

那個場景看起來就像是剛發生過戰鬥，但總而言之，這就是伊洛恩說的「從臉發射光線」造成的結果吧。

萬一打破窗戶射到鄰居的房子，就真的無從辯解了。

「嗯？千穗小姐！妳怎麼在這裡？」

此時，諾爾德穿著與強壯的體格完全不搭的荷葉邊圍裙現身了，他手裡端著塞滿水果和冰淇淋的土司，也就是所謂的蜜糖土司。

「我從伊洛恩弟弟那裡聽說了！對不起，擅自借用你家的廚房！」

「不好意思，真是幫了大忙！」

諾爾德的眼睛周圍也都是黑眼圈。

恐怕是幫艾契斯做飯這件事，短短幾天就讓他快到達極限了。

「再來還有關東煮和咖哩，豬肉味噌湯和第二鍋、第三鍋的燉菜！」

「「得救了！」」

兩位大人擠出的慘叫，讓千穗也趕緊跟在鈴乃後面去拿料理，並立刻接著著手準備追加的分量。

天禰與諾爾德接近慘叫的聲音，顯示出雖然狀況和千穗想像的不一樣，但依然非常嚴峻。

千穗參戰後，二〇二號室也跟著開放，連同志波家在內，總共有三個廚房全力運轉，到了中午時，一行人總算在艾契斯的房間裡準備好多到夠她吃一天的料理。

「千穗小姐，謝謝妳，艾契斯今天剛好吃得特別多……」

光是聽見這句話，就讓千穗覺得情況非常不妙。

「她今天一個上午就吃了超過一百個飯糰。大概是膩了吧。」

「膩了……嗯，或許是那樣吧。」

千穗瞬間覺得說這種話也太奢侈了，但同樣的東西吃了一百個，確實會覺得很膩。

在二〇二號室內，鈴乃疲憊地趴在茶几上，千穗也用輕鬆的坐姿苦笑。

不曉得是暫且吃飽了，還是滿足了什麼條件，艾契斯正在睡午覺。

這段期間，志波家、二〇二號室和一〇一號室都在煮新的飯，替艾契斯的晚餐做準備，大家也趁機休息。

「我聽伊洛恩弟弟說她一天能吃兩百個。」

「她的食量似乎會根據身體狀況改變。身體狀況愈差，食量就愈大。我們只顧著量產食物，沒想到還能利用超市的關東煮食材。那個既便宜分量又大，暫時只能先用那個撐過緊急狀況了。」

「這樣感覺就像是只要好好吃飯，就能增強抵抗力呢。」

「正常來講，像她那樣吃，身體會先壞掉吧。」

「真不可思議。大胃王的身材通常都意外地苗條或嬌小呢。雖然聽說是因為胃下垂才能裝很多東西。」

「就算是胃下垂，艾契斯的身體一天可是要裝六公升的米啊。唉……」

「不過自從辭掉打工後，我好久沒這麼趕著做飯了，雖然辛苦，但也有點開心呢。」

「哈哈哈……唉。」

鈴乃稍微低下頭。

「不好意思。結果又在遇到困難時，借用了千穗小姐的力量。妳今天不用去補習班嗎？」

「今天晚上有課，但到傍晚為止都沒關係。因為突然發生那種事，所以我一直找不到機會說，其實……」

千穗開始說明自己今天是因為發現「基礎」碎片出現沒看過的反應，以及擔心艾契斯和真奧遇到了什麼麻煩，才會來到公寓。

「結果卻是食量變大呢。」

「我剛才試著在艾契斯睡著後，把戒指輕輕放在她的額頭上，但沒什麼反應。好像沒有關係呢。」

「應該也不是完全沒關係……或許只是產生反應的方式不同。」

「產生反應的方式？」

「每一個『基礎』碎片顯現出來的反應都不盡相同。如果勉強讓碎片產生反應，或許會讓失控變得更嚴重。」

這樣講起來，千穗剛才的行動或許算是相當輕率。

「唉……目前也只能繼續觀察狀況。反過來講，即使艾契斯出現異常，阿拉斯·拉瑪斯也不一定會跟著發生異常……而且，因為種種原因，現在也已經能預測發動聖征的時間點了。」

「是這樣嗎？」

「嗯。看來只能期待艾契斯會在這段期間恢復健康，或是等收到艾米莉亞或蘆屋的報告後，再來決定下一步的對策。在那之前……」

「那個，鈴乃小姐……」

「嗯。」

「妳什麼時候回來的啊？感覺和妳之前說當上大神官那次，並沒有隔很久……妳現在是對外宣稱自己在北大陸嗎？」

「不，現在是在西方。表面上我已經回到教會的大本營，正在那裡為大神官授秩的事情接受潔淨儀式。」

「正在接受潔淨儀式……」

明明關鍵的本人就在眼前，這到底是怎麼回事？

「哎呀，因為太麻煩，所以我就蹺掉了。」

「這樣沒關係嗎？」

綜合千穗在鈴乃上次回來時聽到的資訊，六大神官的授秩，重要性就相當於地球的美國總統就任或選出羅馬教宗。

所以她當時聽說授秩必須先經過許多儀式，並在最後舉辦授秩典禮。

然而，這種震撼全世界的新聞的當事人，居然在這裡捏飯糰，這樣怎麼可能沒關係。

然而鈴乃看起來卻一臉從容，還邋遢地趴在茶几上。

「有什麼關係，反正又沒被人看見。」

「咦？」

鈴乃居然說出這種像晚上闖紅燈的藉口，讓千穗在各方面都大吃一驚。

「那個潔淨儀式……雖然它有個更誇張的正式名稱……這次特例被訂為十天。按照慣例，授秩者在規定的期間內，都必須待在位於教會大本營最深處的『神之岩洞』裡向神明祈禱。所以表面上，我現在人在那裡。」

不過實際上卻是在屋齡六十年的公寓裡煮飯捏飯糰。

「呃，那個，既然妳都說沒關係了……」

「畢竟不會有人偷看裡面確認。那裡已經變成那種『約定俗成』的地方。所以我可以在這

裡悠哉地度過一個星期。」

既然本人都這麼說了，那應該就沒關係，不只是千穗，這對魔王軍來說也很有幫助，不過千穗還是覺得這麼若無其事地貶低這些儀式的鈴乃有點不對勁。

鈴乃應該也敏感地察覺千穗的想法。

「為什麼我得那麼悲哀地在那種鬱悶的洞穴裡，向害阿拉斯・拉瑪斯難過的傢伙們獻上祈禱啊？」

她刻意將話講得更加難聽。

「前陣子的事情，真的是很對不起千穗小姐。不過我確實因為授秩的消息產生動搖，也真的不曉得該如何是好。」

「沒關係啦，我並沒有放在心上……」

「不過這次……總覺得一切都變得很愚蠢。」

「大神官嗎？」

「……各方面都是。原本這個潔淨儀式，應該要進行整整一個月的時間。」

「欸！一個月！」

雖然感覺很長，但考慮到六大神官的立場、對周圍造成的影響與神聖性，這個數字還算合理。

「不過妳知道掌管聖典．教務部門的摩洛大神官說了什麼嗎？他說考慮到這次授秩的情況特殊，就縮減成十天吧。」

「咦？可以這樣嗎？」

「正常來講，當然是不可以。不過好像是『有鑑於現在必須加快聖征的腳步，神應該也會原諒吧』。這未免也太便宜行事了。」

「這、這樣啊……」

「還有，那個『神之岩洞』也是個傑作呢。」

鈴乃的聲音裡充滿了嘲笑，實在不像是個即將成為大神官的人，進一步而言，實在不像是那個即使知道了神的真面目，依然主張真正的信仰與神就存在於自己心中的鈴乃。

「該怎麼說才好，為了能持續祈禱三十天，那裡有塊用來祈禱的岩石。那塊岩石的形狀原本就長得像祈禱用矮檯，講好聽一點就是大自然的神祕……但那裡居然有墊子。」

「咦？墊子？」

「正確來講，是在一個凹陷處裡塞了布條、植物的葉子和岩洞裡的土沙，大概是從好幾代以前開始，就覺得連續祈禱三十天很辛苦的大神官們，為了不讓腳痛所下的工夫吧。雖然岩洞位於斷崖上，但通風良好十分乾燥。太陽也照得進來，所以坐起來就像稻草枕那麼軟。」

「這、這樣不會被罵嗎？」

「坐在那裡的可都是位居聖職者頂點的人喔。既然歷代大家都這麼做，又有誰會生氣。就像是代代流傳下來的社團教室的祕密一樣。」

用這麼通俗的方式來形容真的沒關係嗎？

「除此之外，參加儀式者只能靠上一位授秩的大神官前輩準備的少許豆子、蔬菜和水撐過整個儀式……所以我本來也做好了覺悟，結果準備的食物卻比預期的還要豐盛幾十倍。」

「咦？豐盛？」

鈴乃因為儲備的糧食與記述不符而提出疑問，結果比年輕的賽凡提斯還晚授秩的摩洛大神官若無其事地回答——

考慮到儀式結束後就要立刻舉行典禮和聖征，要是因勉強節食而搞壞身體就得不償失了。

「該怎麼說才好。我心裡的『教會信仰』，就在那時候決定性地崩壞了。」

教會根據狀況，隨意扭曲規則。

當然目前最優先的事項就是讓聖征成功。

不過這場聖征的開端，再怎麼說都是因為現任大神官全體夢到了相當於神諭的「聖夢」。

既然如此，姑且不論實際情況如何，在執行授秩的程序時，應該要真的意識到神的眼光才行。

然而實際上，在達成聖征這個大義名分之下，所有的「神聖性」都被蔑視了。

而那些被神諭感動的大神官們，沒有人對這件事抱持疑問。

「真是充滿矛盾。」

鈴乃如此啐道。

「因為被神感動而行動的人，反而忽視了支持神的基礎。怎麼會有這種蠢事？他們再怎麼說可是看見了真正的神喔？既然如此，為什麼他們有辦法若無其事地用沒時間當理由，將我的授秩與對神的祈禱縮減成過去的三分之一？」

「……我，不太清楚這種事……所以這樣講，或許會讓鈴乃小姐感到不快。」

「嗯。」

「我想……那些大神官……大概是想被『神明』誇獎吧？」

「……」

「因為看過了……體驗過了……所以才想盡全力完成命令、做出成果……但那畢竟是夢，神明並沒有被監視器拍下來，所以他們只好利用教會過去建立的體制，來讓大家相信……所以——」

「嗯。」

「不如說那些大神官，已經變得比以前還要相信神的存在了。所以……」

「沒錯，就是這樣。」

「咦？」

「我也做出了相同的結論。」

「咦？咦？」

鈴乃猛然起身，用雙手包住千穗隨意放在茶几上的手。

「沒錯。所以就算我蹺掉儀式又怎麼樣。」

「咦咦？」

「他們的信仰一定已經回歸到最純粹又最單純的形式，所以才會輕視那些在教會漫長的歷史中、不曉得由誰想出的用來增加虛名的儀式，認為那種東西只要拜託法學家修改法律，隨便處理一下就好。因為比起那些儀式，還有更加重要的事情。他們想為自己認定的真『神』，奉獻最大的力量……吶，千穗小姐。」

「是、是的。」

「千穗小姐，妳覺得這應該被稱作什麼？」

「什、什麼意思？」

「大神官們，想為神竭盡全力的想法。」

「咦？呃……」

「我認為這是愛。」

「愛愛愛愛？」

為什麼突然跳到這個話題？

「愛不求回報。信仰也一樣。雖然有時候會被解讀成用來約束自己變得更好的羈絆，但為了豐富人心，讓社會和平，愛是絕對不可或缺的。」

「是、是啊。那個，鈴乃小姐，妳怎麼了？是太累了嗎？」

千穗以前也看過鈴乃談論「宗教」，只是全都不像這次這麼激動。

儘管是出生在信奉佛教的佐佐木家，但對家裡連佛壇都沒有的千穗來說，平時很少會有接觸宗教的機會。

她對慶祝聖誕節、除夕參拜寺廟和新年去神社這些事不抱持任何疑問，參加遠親的喪禮時會在祭壇前面燒香合掌祭拜，出席長野堂哥的婚禮時也在教堂拍了一堆照片。

現在的鈴乃，比起那些會突然來到家門前推銷沒聽過的神佛和經典的「聖職者」，更像是「宗教家」，讓千穗稍微退縮了一下。

鈴乃似乎也注意到這件事，她的眼神像是對興奮的自己感到難為情般開始游移，然後放開千穗的手重新端正姿勢。

「不、不好意思。這對我來說算是革命性的思想轉變，所以忍不住激動了起來。」

「不會，沒關係啦……不過，妳到底是怎麼了？雖然鈴乃小姐前陣子說過自己不想當大神

官，但妳好像改變想法了……？」

「改變了。嗯，沒錯，改變了。」

原本就坐得端正的鈴乃，重新挺直背脊，以冷靜到彷彿剛才的激動都是騙人般的眼神筆直看向千穗。

「我啊，很羨慕千穗小姐。」

「咦？」

鈴乃又再次突然改變話題。

她今天給人的感覺，真的是一變再變。

「我活了二十幾年，在遇上足以顛覆世界的狀況後，才總算隱約掌握到的確信，千穗小姐早就已經擁有了。」

「喔……」

「四位大神官在這次聖征意外獲得的愛，是源於神在關注自己的喜悅。光是這樣，就讓他們產生了這份不求回報，想要為對方奉獻的心情。」

千穗瞬間產生警戒，以為鈴乃要重複和剛才激動時一樣的話題，但她突然發現一件奇怪的事。

鈴乃剛才講到「這份」時，做出奇妙的動作。

「大神官們在完成聖征後，一定會在俗世獲得各種財富吧。不過，他們無法從神那裡獲得任何回報。這也是理所當然。因為我們會打倒神。聖典內的『神』，在安特．伊蘇拉根本就不存在。不過，即使無法從神那裡獲得回報，他們也一定不會感到怨恨，只會嚴肅地接受現實，然後依靠曾經做過的那場夢，繼續貫徹真實的信仰吧……」

「鈴乃，小姐？」

鈴乃一直將右手放在自己的胸前。

她的臉在發紅。

那張明明比千穗年長、卻仍顯得稚氣未消的臉上，洋溢著雖然微小又不明顯，但確實存在的喜悅。

千穗對鈴乃的那個表情有印象。

不對，不是鈴乃的表情。

千穗記得自己也曾露出過相同的表情。

「然後我才察覺。我……一定是愛著真奧貞夫……愛著魔王撒旦。」

「……」

即使清楚地聽見這句話，千穗的內心仍平穩到不可思議的地步。

「在快被大神官的責任壓垮，對草率進行儀式的大神官們感到失望時，我沒有通知任何人

就回到二〇二號室。然後，我遇見了一臉憔悴的魔王。我當時突然這麼想。為什麼我明明這麼痛苦，腦袋裡卻還只想著要繼續前進。因為教會空虛的信仰而深受打擊的我，在看見替艾契斯做飯糰做到精疲力竭，明明想為了下午的班早點就寢，卻因為擔心艾契斯的異常會影響到阿拉斯・拉瑪斯，而不顧自己已經累到無法正常思考，依然坐在榻榻米上無意義地搖晃著腦袋的那張側臉後，我確信了。啊，我是因為想看這個『日常的』身影，才會回到這裡。」

鈴乃快速說完這些話時，臉上充滿了幸福。

「教會是以愛為基礎，守護信仰的家。對現在的我來說，我的教會、我的家，就是這間公寓，我所愛的，是包含了魔王與大家，在這裡生活的一切……所以……我真的打從心底，羨慕千穗小姐。」

「鈴乃小姐……」

「我好羨慕只是因為愛著對方，就能單純陪在所愛之人身邊的千穗小姐……」

從幸福的鈴乃眼眶裡，浮現一滴淚珠。

「……我可以，問一個問題嗎？」

「……嗯。」

千穗以有點僵硬，但是對鈴乃卻完全不抱持嫉妒或惡意，不如說是帶著半分確信的語氣問道：

「真奧哥該不會露出嫌麻煩的表情，隨便敷衍過去後就說要去上班，然後逃跑了吧？」

「……！」

這下就連鈴乃都驚訝地睜大眼睛。

「……妳怎麼知道？我……已經向魔王傳達自己的心意。」

「我當然知道。因為我是鈴乃小姐的朋友。」

千穗有些困擾似的微笑，這次換她主動握住鈴乃的手。

「因為鈴乃小姐是那種喜歡上後，就無法隱藏自己心情的人。」

「……是、是這樣嗎？」

「因為妳每次只要吃到美味的烏龍麵或飯，就會變得笑嘻嘻，在看見可愛的髮簪或是阿拉斯．拉瑪斯妹妹的動作等最喜歡的東西時，也總是會露出笑容。然後，妳就會激動地開始從各種不同的角度，說明那些東西到底有多好。」

「……的、的確……」

「這就和平常一樣。所以，我才想妳一定已經告白了。」

千穗的洞察力，讓鈴乃露出驚訝的表情，但她立刻垂下視線，像是在找藉口般快速說明：

「我、我一開始是在跟他說明那邊的情勢。真的，只是想要共享情報而已。」

「結果一鼓作氣就告白了吧。坦白講，我也沒什麼資格說別人。話說，那時候也被鈴乃小姐聽見了吧。」

「啊，嗚，對、對不起。當時因為是那種情況，所以和現在不太一樣，與其說某種意義上是抱著惡意，不如說真的就是抱著惡意才那麼做。」

「不過，妳現在內心的感情已經強烈到即使知道我喜歡真奧哥，依然無法壓抑自己的程度吧？」

「嗚……」

這點程度的壞心眼，應該還在允許的範圍內吧。

千穗拍了一下啞口無言的鈴乃肩膀，搖頭說道：

「我想起來了。當時我把鈴乃小姐視為敵人，為了不讓真奧哥被搶走，努力跟媽媽學了各種料理……不過對當時的我來說，鈴乃只是個陌生的大人。現在才第一次……成為了情敵。」

「千穗小姐……我希望妳別誤會，我完全沒有想要與魔王結為連理，或是和他白頭偕老的意思。雖然可能會讓人覺得是種毀滅性的想法……但我並沒有打算從魔王那裡獲得任何回報；或是只是因為愛他，所以希望能成為魔王重要的人之一……其實我本來打算趁這個機會，搬出二〇二號室。」

「咦？」

鈴乃已經下定決心，要在被授秩為大神官後，利用魔王軍惡魔大元帥兼六大神官的身分，

充當應該不會接受惡魔移民的西大陸和其他大陸之間的調停人。

不過這麼一來，她就再也無法像個退休老人那樣留在二〇二號室看和服目錄，或是陪伴偶爾會來這裡玩的阿拉斯・拉瑪斯。

所以，她才會在想早點處理家具和家電時，被覺得不對勁的真奧發現。

「啊，原來如此。」

「咦？」

「那個，我在一〇一號室做料理時，發現房間角落不知為何放著一個沒插電的微波爐。我一直覺得好像在哪裡看過，原來是真奧哥家的微波爐。」

「咦？所以他那個時候沒有把微波爐丟掉嗎？」

「大概是想等鈴乃小姐冷靜下來後，再把那臺微波爐搬回去吧？不過他當時還不知道鈴乃小姐在煩惱什麼，所以才先假裝丟掉，並將微波爐寄放在諾爾德先生家，打算等事情過後再拿回來。」

「……」

實際的狀況，應該就和千穗推測的差不多，鈴乃也像是能夠接受這個說法般點頭。

千穗見狀，便看向原本放著被搬到二〇一號室的微波爐的地方說道：

「包含這部分在內，我真的非常羨慕鈴乃小姐。」

「咦？」

「真奧哥總是輕鬆地直接叫妳『鈴乃』，鈴乃小姐比我還要擅長各種家事，又住在真奧哥隔壁，能夠和他閒聊各式各樣的話題，每次看見真奧哥表現出『西大陸和教會的事情只要交給鈴乃就能放心』的態度，我就會很羨慕妳能跟他對等地來往。雖然我也知道自己受人珍惜，但終究還是無法和他建立對等的關係。因為我還只是個孩子。」

「沒這回事！千穗小姐……！」

「我是個孩子沒錯喔。我和鈴乃小姐不一樣，無論我再怎麼喜歡真奧哥，都不是和他對等的大人。因為我是『小千』，在獲得鈴乃小姐、利比科古先生和迪恩·德姆·烏魯斯奶奶的幫助後，才總算能讓他叫我『千穗』。妳應該還記得吧？在參加支爾格時，真奧哥根本就是完全把我當成小孩子看待。」

千穗說完後，摸了一下榻榻米。

「我知道這是在強求不屬於自己的東西，但如果鈴乃小姐也有同樣的心情，那這點程度的願望，應該不會遭天譴吧。我也和鈴乃小姐一樣。」

然後，千穗轉頭看向二〇一號室那一側的牆壁。

「我想永遠永遠，永～遠和大家一起吃飯。」

「千穗小姐……」

「我思考了很多事情，例如想和真奧哥結婚，或是不希望他被鈴乃小姐搶走，但直到昨天為止，我都在擔心這樣下去，會不會再也無法和大家一起吃飯。鈴乃小姐將成為大神官，真奧哥他們這些惡魔的高層會前往安特．伊蘇拉，阿拉斯．拉瑪斯妹妹、艾契斯和伊洛恩弟弟將回到天界與家人團聚……遊佐小姐會和爸爸、媽媽回到故鄉的村落……大家會回憶以前在日本發生過好多事，但過得非常開心，再過不久法術和魔法都會變得無法使用，也沒辦法再開『門』……我會在日本變成大人，不過……」

千穗每晚都將臉埋在枕頭裡思考，但只想得到這種未來。

不過現在，鈴乃在那個悲傷的想像裡打下了楔子。

不對，或許惠美也早就這麼做了。

惠美在去安特．伊蘇拉前，曾經這麼說過。

因為真奧努力過著日常生活，她才能放心地去安特．伊蘇拉。

而如今，鈴乃也因為在二〇一號室看見真奧為日常生活苦惱的側臉，察覺了自己的心意，並向真奧告白。

在鈴乃和惠美的內心深處，她們也比自己以為的還要珍惜那個絕對稱不上豐盛、吵鬧但溫暖的餐桌。

既然如此——

為了維持那樣的生活，千穗應該可以再更任性一點吧。

「吶，鈴乃小姐。現在安特．伊蘇拉的狀況大概是怎麼樣？」

「咦？咦？」

話題跳得太快，讓鈴乃露出驚訝的表情。

「妳一開始本來要向真奧哥報告什麼吧？例如大神官的授秩影響了聖征的行程，或是漆原先生和萊拉小姐帶著基納納先生去了魔王城，這些都讓狀況產生了很大的變化吧？」

「嗯、嗯。因為北邊的法爾法雷洛和西邊的艾美拉達小姐，都有透過值得信賴的管道將情報傳給我，所以我手中的情報應該大致是正確的……我一直沒說明過自己的出身地，這件事害我被艾美拉達小姐挖苦了好久。」

千穗對大神官的授秩禮不怎麼了解，所以不曉得為什麼艾美拉達要挖苦鈴乃。

不過千穗從昨晚發現「基礎」碎片在發光，到遇見伊洛恩的這段期間，腦中一直有個模糊的想法，如今她終於下定決心要展開具體行動。

「鈴乃小姐。」

「嗯、嗯。」

「鈴乃小姐變成情敵這件事，讓我重新找回了緊張感，我也因此變得更加喜歡鈴乃小姐，讓我覺得很開心。」

「嗯……嗯……那、那個，妳一直提『情敵』這個詞，讓我，那個，很難為情……」

「不過另一方面，我也覺得很生氣。」

「那、那當然……」

「對真奧哥。」

「咦？是他嗎？」

鈴乃本來以為自己會被當成後來才跑出來的狐狸精，所以嚇了一跳，但千穗非常認真。

「他明明從很～久以前就一直沒回覆我的告白，而且每次被我催促時都會變得吞吞吐吐，現在居然還對鈴乃小姐採取那麼曖昧的態度，我真的生氣了。」

「那、那是因為我的告白實在太突然，而且我也沒有打算和他發展成男女關係，所以他也無從回應……」

「如果沒有那個可能性，就要好好地說出來。畢竟是惡魔與人類，我也不認為雙方對戀愛感情的認識都一樣，但明明只要好好說清楚，我這邊就能決定到底是要等待還是放棄，他卻不肯給別人一個交代。就算他擺出一副好像很了解別人的嘴臉，實際上現在一定正因為對鈴乃小姐採取曖昧的態度，在隱藏關鍵事實的情況下向小川哥抱怨不想回家。」

千穗趁著本人不在，提出莫名具體的想像，並在自顧自地氣得鼓起臉頰後，說出了驚人的話。

「我做了一個決定。為了能夠執行，鈴乃小姐，請妳借我一點時間，我想和妳討論許多事情。」

「嗯、嗯。」

「那麼，等我們討論完後。」

然後，明明鈴乃才剛光明正大地向千穗坦白了自己向真奧告白的事情，千穗卻講出一個讓鈴乃嚇到跌坐在地的提議。

「要不要一起去麥丹勞？」

高中女生，開始轉動世界

「她…………她們到底在想什麼啊……！」

真奧抱著外送用的安全帽，屏息躲在MdCafe的櫃檯後面。

他從外送區回到店裡後，就在一樓櫃檯發現熟悉的背影。

光是看見不可能認錯的鈴乃的背影，就讓真奧的心臟縮了一下，沒想到她旁邊還站了一個千穗，這下真的不曉得會發生什麼事情。

「鈴乃那傢伙，該不會把之前的事情告訴小千了吧！」

考慮到鈴乃的性格，確實有這個可能性。

「可惡……鈴乃那傢伙到底是怎麼回事。」

因為鈴乃的樣子從上午開始就明顯很奇怪，所以真奧覺得有必要好好聽她說話。

一直到中途為止，她都還只是在說對大神官和教會有多失望，並隨意地報告安特．伊蘇拉現在的狀況。

不過到了後來，她的語氣變得愈來愈結巴，等真奧注意到時……

「唔。」

他也覺得自己後來的表現真的很沒用。

人類，不對，就算是魔王，一旦真的面臨完全沒預料過的狀況，就會變得無法做出冷靜的判斷。

閃閃發亮的眼神、染上一絲紅暈的臉頰，以及從形狀姣好的嘴唇吐出的那句話，讓本來以為只是要處理故障的真奧的太陽穴，感受到一股像被狙擊槍打中般的衝擊。

等回過神時，真奧已經在不知不覺間騎著自行車前往麥丹勞了。

他甚至想不起來自己出門前做了什麼。

「這、這麼說來，小千上的補習班好像就在附近……嗯，她們大概只是碰巧在外面遇到，然後一起過來吃午餐而已。」

「咦？怎麼沒人在。不好意思？」

「啊，來、來了，歡迎光……！」

「你好。」

刻在DNA裡的麥丹勞員工的本能，讓愚蠢男人的捉迷藏瞬間化為泡影。

「喔、喔……小千。」

「是的。」

真奧一起身，就發現千穗將雙手背在後面，微笑地站在他的面前。

「怎麼了？為什麼要穿著外套拿著安全帽待在這裡？」

千穗的笑容沒有變化。

「呃，那個，剛好有急事……」

真奧對曾一同以麥丹勞・咖啡師的身分工作過的對象，講出差勁到令人絕望的藉口。

「這樣啊。」

她的笑容果然還是沒變。

「要、要點什麼？」

受制於那道笑容的魄力，真奧開始以明顯違反規定的方式接客。

他剛從外面回來，所以還沒把外送的道具放回去，也還沒洗手。

千穗應該也明白這點，但完全沒提起這件事。

真奧確信。

千穗已經知道了。

「呃，今天的特調咖啡，咖、咖啡豆是哥倫比亞產的……」

然而，只有嘴巴在空虛地動個不停。

怎麼看都像是個因為外遇被發現而怕得要死的沒用男人。

「真奧哥。」

「是！」

「其實天爾小姐晚一點會來。」

「………咦？」

這個同樣出乎意料的姓名和話題，讓真奧驚訝地眨了一下眼睛。

「諾爾德先生會幫忙看著艾契斯。因為有事情要拜託岩城店長，光靠我和鈴乃小姐根本無法好好交涉，所以視情況而定，或許志波小姐也會和天禰小姐一起來。」

「房東太太？到底是要幹什麼？」

雖然這也很恐怖，但無法預測話題走向的真奧，只能一臉茫然地回應。

「目前還在計畫階段，不曉得能不能順利進行……總之如果什麼都不知道就在店裡遇見志波小姐，真奧哥會嚇一跳吧？所以我才想先提醒你。」

「確實是這樣沒錯……」

「啊，既然你都介紹了，請給我一杯熱的特調咖啡。要附奶精和砂糖。」

「啊，我、我知道了。請、請稍候一下。」

看來果然是真奧誤會得太快了。

到了真的要開始準備餐點時，真奧總算注意到該把安全帽和外套收起來。

他姑且先將外送道具塞到櫃檯的角落，用咖啡櫃檯也有設置的洗手臺好好洗手。

「啊，對了，真奧哥。」

「嗯？」

就在洗完手的真奧甩掉手上的水珠，從架子上拿出溫過的杯子時。

「你必須要快點回覆鈴乃小姐喔。」

「……唔……哇！啊……！」

用手讓杯子在空中彈了好幾次後，真奧在靠近地板的地方勉強接住杯子。

然後，他戰戰兢兢地抬頭，發現千穗的眼神變得極度冰冷。

「妳、妳都聽說了？」

「我全都聽說了。」

「……那、那個。」

「就我聽到的狀況來看。」

真奧維持蹲著接住杯子的姿勢，無法起身。

「感覺鈴乃小姐也有機會呢。」

「咦，啊，不，說什麼機會。」

「既然你沒有回覆，應該就是那樣吧。雖然我也是因為這樣才會一直等。」

「唔。」

「不管是要接受或拒絕，應該都辦得到才對。既然沒有這麼做，就表示真奧哥還在猶豫吧？」

握在手裡的杯子，溫度已經下降到和室溫一樣。

真奧甚至連收銀機都還沒打。

千穗的視線，讓真奧整個人僵住，完全無法動彈。

「我知道現在不是說這個的時候。因為不管是這邊或那邊，都有很多要忙或要擔心的事情，這點我很清楚。不過……」

千穗以嚴厲的語氣，毅然地說道：

「絕對不能就這樣一直曖昧地逃避下去喔。」

「逃、逃避是什麼意思？」

「是嗎？總覺得會就這樣一直曖昧地拖下去。」

千穗嚴厲地說道。

「真要說起來，在打贏滅神之戰後反而會變得更忙吧。到時候必須要處理許多只花一兩年根本處理不完的事情，就算不考慮這點，按照鈴乃小姐的說法，以聖征為契機，之後的狀況會變得更加艱難吧。一旦事情變成那樣，我到底要什麼時候才能收到回覆呢？」

雖然千穗以前曾因為顧慮到真奧的狀況，決定不要催促他回覆，但現在狀況已經改變了。

這樣下去，事情一定不會有結果。

真奧不會接受鈴乃的心意，但也不會拒絕，只是持續逃避。

換句話說，這單純只是因為真奧——

「真奧哥這個膽小鬼。」

事情就是這樣。

在千穗對真奧說過的話當中，這無疑是最為嚴厲，也最重的一句話。

然後，這也是純粹的真相。

如果真奧能像蘆屋或漆原那樣，對人類女性採取毅然的態度，那只要隨便找個理由委婉地拒絕對方就好。

畢竟雙方不管是居住的世界、生態還是其他所有的一切都不同。

他應該不至於連這種事都做不到。

但真奧沒有這麼做。

無論是對千穗，還是鈴乃。

他對別人的溫情感到困惑，因為不曉得該怎麼辦，所以就移開了視線。

「我從一開始就將鈴乃小姐視為對手，另外也有人跟我說過她是最有可能和我爭奪真奧哥的對象，所以我並不在意鈴乃小姐向你告白。不過……我也有絕對無法退讓的事情。」

「那、那是……」

真奧用乾到痛的喉嚨反問後，千穗回答：

「那就是收到回覆的順序。」

這到底是什麼意思呢。

「我不想排在鈴乃小姐前面。你知道這是……」

「……」

「……不，還是算了。」

千穗愈講愈激動時，注意到真奧露出拚命思考的表情，於是又把話吞了回去。

光是鈴乃告白這件事，就已經讓真奧的頭腦轉不過來，再加上這件事也被千穗知道的事實太過震撼，讓他根本無法好好思考。

「天禰小姐差不多要到了。咖啡還沒好嗎？」

「……啊，抱、抱歉……」

即使是在這種極度混亂的狀況下，員工DNA也不允許真奧使用冷掉的咖啡杯，於是他重新拿出新的杯子，泡了一杯特調咖啡，連同奶精和砂糖一起放到千穗面前。

「那我先走了。」

在櫃檯上放了剛剛好的金額後，千穗收下杯子轉身離開。

真奧忍不住對她的背影喊道：

「小千，我……！」

「真奧哥。」

但被千穗尖銳的聲音打斷。

「我打算接下來也要好好做選擇。」

「……咦？」

「我一直在煩惱。我本來以為這是我絕對無法實現的事情。不過……在知道鈴乃小姐也『跟我一樣』後，我稍微鬆了口氣。」

「妳、妳在說什麼……」

「我從今天開始，再也不看別人的臉色了，我要自己選擇，自己前進。等到一切都結束以後……」

此時，千穗總算展露笑容。

不過，那並非千穗以前那種稚嫩又溫和的笑容。

而是蘊含了鋼鐵般的堅強意志，炙熱的笑容。

「我一定會從『小千』畢業給你看。」

「……？」

「我先走了。」

留下這句神祕的話後，千穗走下樓梯。

真奧在原地愣了一會兒後，就抓起安全帽和外套，像是正在被什麼東西追趕般追了上去。

不過，這時候天禰正好已經來到樓下，岩城、千穗、鈴乃和天禰一臉嚴肅地談話，然後居然就這樣走進了員工間。

「真奧先生，怎麼了嗎？」

明子向一走下樓梯就愣住的真奧搭話，但真奧仍無法相信自己今天的遭遇，沒辦法好好回答。

之後，在真奧正常上班的期間，千穗、鈴乃和天禰也不曉得在什麼時候回去了。

然後，岩城居然在晚餐的尖峰時段過後離開了店裡。

從耳機裡傳來──

『不好意思，我有事要去辦公處一趟，得離開店裡約一個小時。我會保持聯絡，真奧，可以拜託你一下嗎？』

聽到這個聲音時，真奧直覺地認為這應該和千穗、鈴乃和天禰的事情有關。

他下來到一樓後，試著委婉地向利比科古打聽千穗的狀況，但不巧的是，利比科古今天整天都待在廚房裡，所以也不曉得用餐區和員工間的狀況。

利比科古察覺真奧的焦躁，所以如此問道，真奧猶豫了一會兒後，坦白說出內心的想法。

「發生什麼事了嗎？」

「到頭來，我也不曉得是怎麼了。」

「喔……」

「只不過……我今天不想回家……」

「啊？您做了什麼惹克莉絲提亞．貝爾生氣的事情嗎？」

「住口！我現在不想聽到那個名字！」

「唉。那我就不說了。」

利比科古也已經無計可施了。

時間無情地流逝，過不久就到了打烊時間。

一大早就開始上班的利比科古十點就下班了，真奧終於開始感到孤獨。

雖然岩城也已經回來了，但真奧害怕知道千穗她們究竟對岩城說了什麼，所以一直無法下定決心離開二樓。

不過，現在已經必須打烊了。

『真奧？你還好吧？二樓有什麼問題嗎？』

岩城透過耳機呼喚真奧，讓後者只能死心下樓。

「太好了，你忙完了吧。雖然有點不好意思，但你之後方便留下來一會兒嗎？」

「咦？」

「一樓的工作也快結束了。因為這件事也必須跟大木小姐和川田說，所以請你在員工間裡等一下。」

「喔。」

仔細一看，明子和川田確實正在一樓的櫃檯後面進行最後的收尾工作。

「到底是什麼事？」

真奧感到一股難以言喻的不安，他將二樓的結算文件交給岩城後，就先回到員工間。

因為岩城還沒叫他打卡，所以他沒有換衣服。

這個判斷似乎是正確的，過了約十分鐘後，岩城帶著另外兩人進來，並請他們先在員工間的折疊椅坐下。

「雖然是有點奇怪的事情。」

岩城只將帽子放到桌上並跟著坐下，然後看向掛在牆壁上的月曆。

「之後我們店要被包場。」

「包場？」

這讓真奧、明子和川田都很驚訝。

「我、我們店可以包場嗎？」

也難怪明子會這麼說。

畢竟不是居酒屋或派對場地，正常來講，連鎖速食店應該沒辦法包場。

「當然一般來說是不行，但這次是特例。雖然很突然，不過是從明天中午開始。」

「明天中午？」

再怎麼趕也有個限度。

真奧與另外兩人一起反覆看向月曆和岩城，同時向岩城打探這次特例的真意。

「小千她們傍晚有來，這和她們有關係嗎？」

真奧說完後，岩城意外地露出有些困惑的表情輕輕點頭。

「嗯……那個，雖然有點不可思議，但佐佐木小姐介紹了一位大黑小姐過來。那個人說想要把店裡包下來。我不知道她們是怎麼認識的……你知道這間公司嗎？」

說完後，岩城遞了一張名片給真奧。

看了上面寫的內容後，真奧差點忍不住叫出來。

『ＳＨＩＢＡ興產股份有限公司　分區經理　大黑天禰』

雖然很想吐槽「ＳＨＩＢＡ興產」和「分區經理」的部分，但真奧知道那個房東原本就同

時經營許多事業，如果這是家族企業，那替姪女安排一個適當的職位也很正常。

「這間ＳＨＩＢＡ興產，是日本麥丹勞的大股東。」

「咦咦咦咦咦咦咦咦咦咦？」

這次他終於忍不住了。

「真奧，你這是什麼反應，你有參加過正式職員錄用考試吧？難道沒看過簡章嗎？」

「咦，呃，那個，是有看過，咦，那個ＳＨＩＢＡ是……？」

真奧在挑戰正式職員錄用研修時，當然有調查過所有擁有麥丹勞股份的大股東。

裡面確實有一間「ＳＨＩＢＡ興產」。

不過真奧那時候當然沒有把這間公司和「志波(SHIBA)美輝」聯想在一起，岩城無視困惑的真奧繼續說道：

「總而言之，既然是大股東，就表示對方擁有股東大會的決議權，所以站在公司的立場也無法忽視這個名字。我剛才被叫去辦公處時，包場的事情好像已經被定下來了。」

「喔……」

「然後，接下來才是重點。」

岩城的聲音聽起來也很緊張。

「包場當天的員工，指名由你們三位擔任。」

真奧這次真的說不出話來了。

這種事情不可能單純只是企業之間的生意往來。

千穗和天禰策劃了什麼事情。

而且內容一定非常荒唐。

千穗知道這間ＳＨＩＢＡ興產的事實嗎？

既然出現這張名片，而且公司之間已經談好，就表示不只是平常打扮邋遢的天禰，就連志波也有參與這件事情。

「那個……這到底是怎麼回事？我們跟這間公司應該一點關係也沒有。」

相較於困惑的川田，明子——

「雖然不曉得是怎麼回事，但這個經驗應該對求職有幫助吧。」

居然說出這種輕浮的話。

「當然你們可以拒絕。很遺憾，這天的時薪並沒有比較高。不曉得你們意下如何？」

「「……」」

川田和明子表情複雜地互望彼此。

「只有我們嗎？」

此時，真奧如此問道。

「這天只有我們上班嗎？」

「不。」

岩城維持困惑的表情回答：

「遊佐小姐、利比科古，還有僅限於這一天，佐佐木小姐也會回來上班。」

「咦？小千？」

「小千也被指名啦？」

「……我剛才也有說過，那位大黑小姐就是佐佐木小姐帶來的。」

「……小千到底是什麼人啊？」

「我確實覺得她不太像是個高中生……」

困惑的兩人，又再次被補上一擊。

「當然我也整天都會在店裡，此外……」

在大大的眼鏡背後，岩城的大眼睛發出銳利的光芒。

「木崎小姐也會回來。」

※

「鈴鈴鈴鈴乃乃乃乃人人人人在在在在哪哪哪哪裡裡裡裡啊啊啊啊啊！」

真奧一回到家，就將上午的事情和下午被千穗駁倒的事情拋在腦後，臉色凶狠地敲著二〇二號室的門。

「冷靜一點，魔王大人！貝爾現在不在那個房間裡！」

「你說什麼？」

「她今晚和艾米莉亞的爸爸輪班，去房東太太家照顧『基礎』的小姑娘了！」

「什麼……！」

雖然毫無根據，但真奧確信鈴乃一定是因為知道事情會變成這樣，才逃到房東家。

「可、可惡，她知道我討厭去房東家！」

千穗似乎把手機關機了，現在這個時間，也不方便闖進志波家。

即使真的過去，天禰也不一定會說實話，現在跟鈴乃見面也很尷尬。

「你！你明天也會去吧！你有聽說什麼嗎？」

「咦？啊，沒有，我聽說只要照常工作就好。」

「這樣反而讓人介意啊啊啊！」

到底是誰基於什麼樣的目的在背後牽線，好像猜得出來，又好像猜不出來。

雖然隱約可以確定主謀是千穗，志波家和鈴乃則是贊同她的計畫，但為什麼要把麥丹勞的

員工也捲進來呢？

「該不會……是為了讓艾契斯吃飯吧……」

這是最有可能的答案。

明明才看護艾契斯不到一個星期，所有相關人士就瀕臨極限了。

儘管鈴乃已經聯絡了安特．伊蘇拉，但從那裡並沒有傳來關於阿拉斯．拉瑪斯身體狀況的消息，在這個無法預測會發生什麼事的狀況下，想盡可能增加自己的選項也很正常。

總而言之，艾契斯的食量真的非比尋常。

明明她以前吃完東西後，肚子也會跟著變大，但現在的艾契斯不管怎麼吃，體型都不會改變，讓人不禁懷疑她是不是在胃裡開了扇「門」。

她就算吃了明顯超過那個身體能夠容納的分量，肚子也不會變大，甚至不需要上廁所。

雖然志波至今都沒有現身，但以天禰和諾爾德為中心，鈴乃和偶爾加入的真奧與利比科古也會一起捏飯糰，千穗今天似乎也暫時來幫忙了。

到這裡為止，都是真奧知道的事情。

目前最有可能的情況，就是志波和天禰打算靠財力把麥丹勞包下來一天，這樣就能持續餵艾契斯吃東西。

不過，這樣還是會有幾個讓人無法明白的地方。

考慮到艾契斯吃的飯糰數量，真的有必要包下一整間店嗎？

只要事先預約，大概訂兩百個漢堡應該就夠了。

依照真奧在麥丹勞工作的經驗，過去也曾經有學生團體或企業一次訂幾百個漢堡。

就算志波是大股東，那樣訂應該也比包下一間店要省錢多了。

包場花的錢，應該是艾契斯這幾天伙食費的好幾倍，真奧完全想不出特地這麼做的理由。

更重要的是，木崎、川田、明子和岩城，都不知道安特・伊蘇拉的事情。

如果帶艾契斯去他們工作的地方，他們一定會好奇她是什麼人。

雖然無論是公司職員或打工人員，都有義務要保守和業務有關的祕密，但要封住只是大學生的川田和明子的口並非易事。

「搞不懂！那些傢伙到底想幹什麼！」

果然還是應該要現在衝去志波家，確認她們的真意。

否則感覺事情會變得無可挽回。

現在已經是凌晨一點，就在真奧下定決心走出公寓，準備踏出堅定的腳步前往聳立在黑暗中的志波家時——

「這位先生。」

他突然在路上被人叫住。

「咦？」

路燈照亮那位人物的臉，但真奧對那張臉沒印象。

對方身穿西裝，五官看起來不像日本人，頭髮也像是天生的金髮。

「不好意思，我有點事情想請教。」

男子以流暢的日語問道，但真奧已經將警戒程度提升到最高級別。

住宅區的正中央、深夜，以及異常整齊的衣服。

尤其對方又是在這個時間點叫住真奧，明顯散發出詭異的氣息，看起來卻毫無動搖。

「……你是誰啊……」

「我說過了。我有點事情想請教。你是真奧貞夫吧？」

「嗯，我就是。」

明明說有事想問，但看來男子早就知道真奧的身分。

「不用那麼警戒，我沒有加害你的意思。只是今天能不能麻煩你直接回家睡覺呢。你接下來打算去小美家吧？」

「小、小美？」

真奧的深層心理拒絕理解這個名字。

然後他現在才發現。

雖然因為夜色和路燈的光芒看不清楚，但男子的頭髮只有一撮不是金髮。而是黃色。

「……你，該不會是地球的……」

「我也覺得這樣有點多管閒事，雖說沒有前例，但族人們都非常驚訝呢。明天那個種子似乎就會發芽，吹起一陣橫渡行星的風。所以你就放心看著吧。孕育出聖十字的『第十一個存在』的人，並不是你。」

真奧覺得自己應該沒有移開視線。

但金髮當中只有一撮黃色前髮的男子，一眨眼就突然出現在真奧面前。

「你明天也要上班吧？熬夜不好喔。早點睡吧，世界之子。」

真奧完全沒有感覺到魔力、聖法氣或其他物理上的力量。

不過在最後聽見這句話後，真奧的意識就急速遠去，立刻變得不省人事。

所以即使另外還有九個人影包圍了公寓和志波家，他也沒察覺任何氣息。

真奧沒有倒下。

等回過神時，他已經在棉被裡迎接早晨。

利比科古也一如往常地在被爐的對面打呼。

時間是早上六點半。如果是早上九點的班，他通常都是在這時間起床。

看著甚至被細心插好充電線放在枕邊的手機，真奧忍不住握拳打了一下枕頭。

「那到底……是怎麼回事！」

金色與黃色的頭髮。

昨晚那個將志波家的主人稱作小美的男人，絕對是房東的族人。

也就是這個地球的「美麗」質點之子。

考慮到大黑天禰的父親是「理解」質點之子，那個男人應該是天禰和志波以前提過的住在國外的親戚吧。

房東的族人——地球的質點之子們似乎散布在世界各地，並各自擁有極高的社會地位。

天禰雖然算是直系子孫，但外表並不具備質點之子的特徵。

反過來講，昨天那個男人應該是和房東同等級的質點之子。

那些人基本上只關心地球的和平，包含天禰在內，他們幾乎沒有積極介入過安特·伊蘇拉的事情。

唯有在相當於他們遠親的阿拉斯·拉瑪斯和艾契斯等人陷入危機時，那些人才會伸出援手，但基本上就算他們擁有遠超過真奧等人的力量，也不能將他們視為己方的戰力。

明明只是承租人想去問房東為何要包下麥丹勞，其中一位質點之子卻特地前來阻撓，這到底是怎麼回事？

「說什麼『第十一個存在』……那是什麼東西……到底……是怎麼回事……」

千穗和鈴乃也和他們有什麼關係嗎？

還是贊同千穗她們想法的天禰，在暗地裡做了些什麼。

真奧因為完全無法掌握狀況而感到煩躁，但他也只能在被窩裡懊惱不已。

「……？」

此時，傳來有人走上公共樓梯的聲音。

而且是兩個人。

公共走廊的門一被打開，那兩個人當中的其中一人，就立刻用輕快的腳步跑到二〇一號室前面。

「爸爸！爸爸！起床了！腳安！」

真奧在聽見那個聲音的瞬間，不知為何差點哭了出來。

他從棉被裡起身，衝向玄關，在小心不撞到外面訪客的情況下，輕輕打開門。

在那裡——

「媽媽！爸爸起床了！爸爸，腳安！」

有一張充滿精神的笑容，看起來身體一點都沒有不舒服的阿拉斯．拉瑪斯，高舉著雙手仰望真奧——

「不好意思一大早就跑來。不知道為什麼，阿拉斯・拉瑪斯無論如何都想見你，根本就勸不聽……呼啊～」

在女孩的後面，站著背了一個大肩包、看起來有點睏的惠美。

※

令人驚訝的是，惠美是被千穗叫回來的。

千穗一開始只是正常地傳達艾契斯身上出現的異狀，並詢問阿拉斯・拉瑪斯的身體狀況，但後來給人的感覺就變得愈來愈奇怪。

「明明應該要盡量減少聯絡，總覺得這樣的作法不太符合千穗的風格，該說是強硬，還是恐怖呢……我也沒辦法說得很清楚，但總之感覺很怪，所以我就早點回來了。」

惠美原本就是勉強改變排班，所以預定會在明天之前回來一次。

「總覺得……每個人的狀況都變得很奇怪呢。」

因為惠美來訪而醒來的利比科古，在收棉被時如此說道，真奧也跟著點頭。

「這表示那邊的狀況，問題並不嚴重嗎？」

「問題……可說是堆積如山呢……呼啊……」

惠美忍著呵欠，開始說明在安特．伊蘇拉的魔王城發生的事情。

惠美到達時，基納納已經開始以遠超過加百列形容的「特攝怪獸」的規模開始大鬧，五大陸聯合騎士團在探測到他的魔力後，也為了查明真相從南方的沙薩．夸塔斯出動。

這對之前只有警戒西方聖征的魔王軍來說可說是晴天霹靂，包含惠美、艾伯特和萊拉在內的魔王軍首腦們，甚至做好了可能會有不知情的人類犧牲的覺悟。

「不過，從沙薩．夸塔斯來到這裡的人，是瓦修拉馬的拉吉德戰士長。」

「瓦修拉馬的拉吉德，是蘆屋交涉的對象之一吧。」

「沒錯，而且我、艾美和艾伯，以前曾經賣過他一點人情。」

驅逐龍。

這是瓦修拉馬戰士長拉吉德．拉茲．萊昂對沙薩．夸塔斯的聯合騎士團發表的大義名分。

拉吉德在感應到基納納的魔力後，直覺地認為做事慎重又誠實的蘆屋，不可能會做出這種蠢事。

他判斷是發生意外狀況並派出斥候，結果收到了有頭大得像山一樣的龍在大鬧的報告。

蘆屋之前已經跟拉吉德詳細說明過讓魔界居民移民的事情，因此拉吉德判斷這樣下去不清楚情況的北邊和西邊的聯合騎士團或許會展開行動。

拉吉德公開宣告自己完全沒打算入侵領土，只是要「驅逐龍」後，就帶著少數部隊進攻魔

王城，成功阻止了和南大陸的哈倫諸王家有關的部隊，以及少數留在中央大陸的聯合騎士團們做出輕率的行動。

「那還真是了不起。不過為什麼瓦修拉馬一說是要『驅逐龍』，周圍的人就接受了？」

「瓦修拉馬所在的奧呂帝瑪大沙漠……棲息著一種麻煩的『龍』。」

惠美不知為何以有些空虛的眼神簡短地說道。

「總而言之，基納納非常有精神，人類那邊也幸運地沒出現任何犧牲者。不過，貝爾被授秩為大神官的事情還是產生了很大的影響，聽說迪恩·德姆·烏魯斯大人和法爾法雷洛在北大陸也非常辛苦。」

五大陸聯合騎士團中的南大陸出身者集合起來，在妨礙教會的聖征。

客觀來看，情況就是這樣。

這件事似乎讓在北邊和西邊也遭到妨礙的教會騎士團的氣氛變得十分緊張。

雖然找了許多理由進行妨礙，但由於聖征與新大神官的授秩禮和典禮遊行重疊在一起，事實上這等於是公開與全世界的大法神教會信徒為敵。

北大陸也有不少大法神教會的信徒，當中甚至還有氏族公然指責迪恩·德姆·烏魯斯。

「等貝爾的授秩禮正式結束後，教會騎士團就會開始認真展開行動。按照艾謝爾的說法，到時候東邊也會派出八巾騎士團助陣。」

「……唉，這樣雙方會起衝突吧。」

「沒錯。」

如果不清楚情況的教會騎士團，和沒被告知真相的八巾騎士團起了衝突，不難想像很可能會直接引發戰爭。

而且戰火應該過不了幾天就會延燒到魔王城吧。

「按照路西菲爾的說法，魔王城似乎已經能夠升空了。不過如果現在就起飛，中央大陸可能會陷入一片火海。這麼一來，即使惡魔們之後能夠移民到各大陸……」

惠美說完後，輕撫著坐在她腿上玩手機的阿拉斯．拉瑪斯的頭髮。

為了阿拉斯．拉瑪斯的幸福。

這個目的意識至今仍未改變。

但不能為了這個目的，就讓戰火蔓延到安特．伊蘇拉。

「絕對不能弄錯收尾的方法。所以如果要實施什麼對策，就只能趁現在還勉強維持膠著狀態時執行了……」

雖然迪恩．德姆．烏魯斯、統一蒼帝和拉吉德，都是站在魔王軍這邊，但他們牽扯到的勢力並不只有魔王軍。

如果各國的指導者判斷比起蘆屋只靠口頭約定向他們保證的未來，保護國家與大陸的權益

更加重要，世界馬上就會分裂。

「我好歹也和你跟利比科古在同一個地方工作過一段時間。所以不希望看見只有阿拉斯·拉瑪斯和質點之子們得救，魔界的惡魔們卻因為失去移民機會而死掉的狀況。」

「妳也太輕描淡寫了吧。」

「這也沒辦法。畢竟我只認識你們、卡米歐和待在伊蘇拉·聖特洛的那些人。」

惠美聳肩回答。

「所以聽千穗說鈴乃回到這裡時，我嚇了一跳，然後為了設法和她討論今後的事情，就硬要加百列讓我回來了。」

「冷～冷的水。好～大一片。」

「冷冷的水？好大一片？」

阿拉斯·拉瑪斯不知為何突然丟下惠美的手機，用力張開雙手說出這樣的話。

「千穗之前也有提過吧。是在說加百列開『門』的地方。在魔王城東方有個洞窟，裡面有個巨大的地底湖。我昨天晚上請加百列在那裡開『門』，讓我回到這裡。」

「……原來如此。」

真奧大致了解了狀況。

關於北大陸和西大陸的事情，即使對照鈴乃昨天在做出那種事前提供的情報，也沒什麼不自然的地方。

但這也同樣讓真奧再次陷入煩惱。

「那邊的狀況感覺不太妙啊。」

「是啊。雖然拉吉德戰士長英明果斷地採取了行動，但也只能多拖延一、兩個星期的時間。」

真奧看向月曆，距離鈴乃「表面上正在參加」的儀式結束，只剩下四天多一點的時間。

如果要進行什麼調整，就只能在這四天內行動。

一旦鈴乃回到安特．伊蘇拉並正式被授秩為大神官，就再也無法改變這個趨勢了。

到時不管怎麼做，在與真奧等人的「滅神之戰」無關的地方，都一定會出現龐大的犧牲。

「唉，事情就是這樣，我今天早上也急著和阿拉斯．拉瑪斯出門，忘了帶傘。所以可能要過陣子才能把傘還你。」

「啊，嗯，什麼時候還都行。」

「這怎麼行。你幾乎沒在用那把傘吧。好好用啦。虧我特地買了那麼好的……」

「等等！現在別說。現在別提那件事！」

真奧突然大聲阻止，讓惠美、阿拉斯．拉瑪斯和利比科古都露出驚訝的表情。

「啊？你幹嘛突然這樣？」

「別說話。不曉得有沒有人在偷聽。」

真奧說完後，不知為何凝視利比科古。

「我、我做了什麼嗎？」

「怎、怎麼了？」

該不會是不想讓利比科古知道那把傘是惠美買的吧。

雖然明白如果毫無準備就被千穗聽見會很不妙，但對其他人只要好好說明，應該就沒有什麼好難為情的……

「真是的……我現在不想考慮那些多餘的事情……唉。」

不過真奧的表情和語氣都很認真，讓惠美只能無奈地把話給吞回去。

「爸爸？沒事吧？痛痛嗎？」

真奧從裡到外看起來都無精打采，阿拉斯．拉瑪斯見狀，便擔心地爬到他的腿上努力伸出小手，摸著真奧剛睡醒亂翹的頭髮。

「唉唉唉……阿拉斯．拉瑪斯，爸爸有點累了。可以抱緊妳嗎？」

「嗯！抱抱！」

阿拉斯．拉瑪斯用力抱住最喜歡的爸爸，真奧則是一臉失了魂似的回答女兒。

「喂……魔王到底發生了什麼事？」

「……坦白講，我也不知道。從那個『基礎』的小姑娘開始不舒服後，大家就變得很奇怪。」

惠美小聲向利比科古問道，但後者一臉認真地搖頭。

「雖然現在才問也有點晚了，但阿拉斯．拉瑪斯身體沒有不舒服嗎？」

「我這邊一點問題也沒有，所以聽千穗提起這件事時還嚇了一跳呢。因為情況緊急，我沒什麼空陪她玩，她頂多只有因此鬧彆扭而已。」

「艾契斯可是每天要吃三百個飯糰喔。」

「……我聽說是兩百個。」

「好像每天狀況都不太一樣。妳應該沒看過有人當著妳的面直接把一大顆西瓜啃破吧。那真的會造成心靈創傷。」

真奧突然看向阿拉斯．拉瑪斯，困惑地說道。

「我聽說她是在你們去了安特．伊蘇拉後，才開始變得不舒服，既然阿拉斯．拉瑪斯已經回來，說不定她的身體已經好了。」

「那要不要去探望她？如果帶食物過去會比較好，就先去便利商店買些東西……」

「不，算了吧。」

「咦……？」

緊張與寂靜瞬間降臨二〇一號室。

「現在別靠近房東家。尤其是妳。」

「什麼啦。這是怎麼回事？」

「房東太太現在不一定是站在我們這邊。」

真奧將昨晚的事情告訴惠美。

「即使對方是質點之子，我還是覺得難以置信……利比科古有看見那個人嗎？」

「這麼說也對。你在我出門時還醒著吧。我在那之後不到五分鐘就失去了意識。」

「咦？我嗎？呃，那個，我在不知不覺間睡著，直到剛剛才醒來……所以沒看見。」

「怎麼可能……雖然我很想這麼說。」

既然連真奧都輕易被制服，利比科古很可能也是如此。

「總而言之，我們現在無法接觸小千和鈴乃。真是奇怪。不過你們從小千身上感覺到的不對勁，或許也和這件事有關。」

「這表示志波小姐他們，打算利用千穗做什麼嗎？」

「我也不知道。考慮到是小千帶天禰小姐去麥丹勞，或許實際情況剛好相反。」

真奧和惠美，都因為一股難以形容的預感而顫抖。

「對了，爸爸呢？為了照顧艾契斯，爸爸也有出入志波小姐家吧？他沒回來嗎？」

「啊，說得也是。現在去找他看看吧。」

真奧帶著所有人一起下樓，按了一〇一號室的門鈴，但沒有反應。

「爸爸，你現在方便嗎？我進去囉！」

於是惠美只好用備鑰打開門進去——

「什麼嘛，原來你在啊。」

然後發現諾爾德正躺在棉被裡睡覺。

「爸爸，是我。請你起來一下，醒醒……你怎麼了？」

「媽媽。爺爺，怪怪的。」

「咦？啊，喂，阿拉斯·拉瑪斯。」

被真奧抱在懷裡的阿拉斯·拉瑪斯跳了下來，靈活地脫掉鞋子跑到惠美身邊。

「爺爺，不會醒。在鬧鐘響前，會一直睡。」

「什、什麼鬧鐘啊……」

阿拉斯·拉瑪斯一臉嚴肅地將手放在諾爾德的額頭上說道，讓惠美皺起眉頭。

「該不會是那個『美麗』對爸爸做了什麼吧？話說回來……」

惠美在下一個瞬間注意到一件事，開始環視周圍。

「真奇怪。伊洛恩怎麼了。」

照理說應該住在一〇一號室的伊洛恩，也變得不見蹤影。

「該、該不會伊洛恩也失控了。」

「不，事到如今應該不用再擔心那種事情……」

「魔王大人？」

真奧轉過身，一臉嚴肅地說道，而伊洛恩現在人並不在一〇一號室內。

利比科古順著他的視線看過去——

「……那傢伙是誰？」

志波家的屋頂上有個人影，正筆直看向真奧他們。

從那頭在晨曦中閃閃發光的金髮來看，那應該就是之前提到的「美麗」，他像是在故意惹惱真奧般，朝真奧揮手。

「到底要愚弄別人到什麼地步……」

「這、這是怎麼回事？」

「……大概是房東的親戚讓諾爾德睡著的。應該是不想讓我們獲得多餘的情報吧。既然那傢伙都光明正大地現身了，表示伊洛恩應該也在他們的管理之下吧？至少應該不會放著他不管，讓他隨意行動。真是的……阿拉斯．拉瑪斯。」

「喔。」

「妳知道爺爺大概幾點才會起床嗎？」

「吃午飯時就會醒。」

雖然不知道原因。

不過阿拉斯．拉瑪斯乾脆地如此斷言，明明在那裡應該聽不見，真奧卻覺得志波家屋頂上那個惹人厭的金髮男似乎點了一下頭。

真奧皺起眉頭。

「我知道了。我就別再想那些多餘的事情，任你們擺布吧。」

然後不悅地說道。

「雖然現在講也太晚了，但我果然不擅長應付那個房東。」

※

當天上午，麥丹勞幡之谷站前店籠罩在一股詭異的氣氛當中。

雖然十二點才開始包場，所以之前都正常營業，但每個人工作時，都懷抱著不曉得接下來會發生什麼事的不安，動作也明顯不像平常那麼俐落。

「這樣下去……不行啊。」

久違地穿著制服回到幡之谷站前店現場的木崎真弓也一樣。

真奧、川田、明子和惠美。

四人與木崎重逢時，都表現得十分僵硬。

所有人一看見木崎來上班時的表情，就察覺她也不曉得事情為什麼會變成這樣。

「岩城店長，我知道下午就要被包場，但關於外送有什麼指示嗎？」

「沒有，說也奇怪。」

岩城在回答木崎的問題時，也顯得很困惑。

「據說是『不用擔心，不會有人叫外送』。」

「這、這樣啊……」

真奧等人沒想到會因為和田中姬子無關的事情，看見木崎不知所措的樣子。

「唉，不管發生什麼事，我們都只要像平常那樣工作就好。阿真、小川、明明、佐惠美，雖然一段時間不見，但今天就拜託你們啦。利比科古先生也請多多指教。」

「……喔。」

利比科古之前頂多只有和木崎打過照面，但他經常聽別人提起真奧有多尊敬她，所以像面對岩城時那樣，恭敬地朝木崎行了一禮。

上午的客人數量，和平常的星期日上午差不多。

有些人對木崎僅限於今天回來幫忙的事情感到高興，有些人則是對下午要突然暫停營業感到驚訝，但這一切都還在預料的範圍內。

只有員工知道下午會被包場，表面上的理由是要臨時停業。否則就會開出包場的先例。

對外公布的停業理由，是因為系統故障要更換器具。

為了增加可信度，今天甚至特地停止供應其中幾樣餐點。

真奧等人雖然困惑，但仍一如往常地工作。

除了有些餐點沒有供應以外，上午的狀況都和平常差不多。

「……怎麼回事？」

該說不愧是木崎嗎？她是最早察覺異變的人。

一到上午十一點五十分，店裡的客人就開始一齊準備回家。

「咦？奇怪？」

店裡的客人們像是說好了般起身，開始在垃圾桶前面排隊，收拾吃完的托盤。

所有人不到五分鐘就離開了店裡。

「怎麼回事。我第一次遇到這種狀況。」

「是、是啊。我也是第一次。」

也難怪木崎和岩城會那麼驚慌。

店裡原本還有超過三十名客人，各自在用餐、休息或聊天。

不管是什麼樣的餐廳，都很少會遇到所有客人皆嚴格遵守店家規定時間的狀況。

雖然今天公告只營業到十二點，但所有員工都自然地認為會延長十～十五分鐘。

然而，客人們在關店的五分鐘前，就開始整齊劃一地行動。

接下來一直到十二點，都再也沒有客人進來。

明明平常無論是掛上結束營業的牌子、播放打烊的音樂，或是員工已經將所有椅子搬到桌上開始認真打掃，都還是會有客人隨便跑進來，但今天完全沒有。

不僅如此，就連經過店外的人潮，都遠比平常的星期日還少。

「這麼說來，小千還沒來上班呢……」

「感、感覺好詭異……」

「……」

川田和明子，都因為客人異常的行動露出僵硬的表情。

真奧、惠美和利比科古，則是為了能夠應付各種狀況而提高戒備。

這怎麼看，都是天禰他們做了什麼偏離常理的事情。

因為千穗和鈴乃也有參與，所以應該不至於發生什麼嚴重的事情，但萬一會危害到木崎等人，就必須全力保護他們。

就在真奧走出一樓櫃檯前往用餐區時，那個人突然來到店裡。

店裡的時鐘顯示現在是十二點整。

「啊，好險，差點遲到了。好熱好熱。哎呀，真奧先生，好久不見。你好啊。」

「……咦？」

「為、為什麼……？」

不只是真奧。

惠美也大吃一驚。

「哎呀，遊佐小姐也在啊！妳好啊。」

自動門在隔了一段時間後再次開啟，某人用手帕替額頭擦汗，同時走了進來……

「啊！店長小姐！千穗平常受妳照顧了！聽說妳後來調職了，感謝妳今天的邀請！」

「咦，啊，喔……邀請嗎？」

也難怪木崎講話會變得如此結巴。

因為出現的人，居然是千穗的母親佐佐木里穗。

在天禰用志波的名義來交涉包場事宜的隔天，誰也不曉得詳情的包場時段的第一個客人，居然是佐佐木里穗。

這到底是怎麼回事。

而且她還說了「邀請」。

「咦，我是聽千穗說的。不是要找員工的家人，一起來辦類似感恩會的活動嗎？雖然千穗已經辭職，但也例外被邀請了……」

「那、那個，不好意思，請問這些都是令嬡告訴妳的嗎？」

一旁的岩城，代替完全說不出話的木崎詢問里穗。

「嗯……是這樣沒錯……」

「我是接替木崎擔任店長的岩城。那個，佐佐木小姐，其實本店今天下午被人包場了……不過，我們不知道包場的人是誰，也不知道對方打算辦什麼活動。」

「咦？那千穗為什麼說是要辦感恩會……真奧先生和遊佐小姐有聽說什麼嗎？」

「沒、沒有。」

「對不起，我們也什麼都沒聽說。」

因為實際就是如此，所以真奧和惠美也只能這麼回答。

「哎呀……？」

里穗也跟著變得不知所措，現場陷入一陣沉默。

川田、明子和利比科古，也只能默默地在一旁觀望事情的發展。

就在這時候。

「啊，有車。」

店前面停了一輛黑色的轎車，所有人都看向那裡。

一位像司機的男性打開後座車門，在看見第一個下車的人物後，所有人都開始懷疑自己的眼睛。

「……小千？」

「千穗？那孩子到底在幹什麼？」

雖然真奧他們也很驚訝，但最驚訝的還是里穗。

那輛車不管怎麼看，都是大企業主管或政治人物才會搭的高級車。

如果看見女兒穿著便服走出那種車，應該沒有母親不會感到驚訝吧。

再來下車的，是臉色蒼白的艾契斯，以及從後面扶著她的鈴乃。

最後是難得換上西裝、打扮得非常正式的天禰從副駕駛座走了下來，領著千穗她們走進店裡。

天禰直接走到岩城面前，輕輕行了一禮。

「岩城店長，感謝妳這次願意接受我們無理的請求。」

「您、您多禮了，這也是業務的一環……」

「木崎小姐也是，不好意思，在妳正忙碌的時候突然指名妳。」

「啊，嗯……」

「……因為她，佐佐木千穗無論如何都希望妳也能一起同席。」

說完後，天禰轉頭看向店內，鈴乃正扶著艾契斯，到一樓某個從廚房也能看得非常清楚的餐桌座位坐下。

「那麼，天禰小姐，我先去換衣服了。岩城店長，我的制服還放在櫃子上嗎？」

「嗯、嗯，放在和之前一樣的地方。」

「謝謝。啊，媽媽，妳來得真早。馬上就準備好了，妳先隨便找個地方坐吧。」

「咦、咦咦？千穗，妳到底在說什麼。就算妳要媽媽坐下……啊。」

千穗無視母親的疑問，快步走進員工間。

儘管每個人都一臉困惑，岩城、木崎、川田和明子也無法逼問姑且算是客人的天禰、鈴乃和艾契斯，真奧、惠美和利比科古心裡都很想逼問鈴乃，但不能當著岩城等人的面這麼做。

「總覺得……很抱歉……居然有這麼多人為了我聚集在這裡。」

「「啊？」」

扣掉沒什麼精神這點，艾契斯這句話簡直就像是偶像演唱會的開場白，讓真奧和惠美都忍不住產生反應。

既然是為了艾契斯才聚集了這麼多人，表示天禰和千穗都打算請這些成員幫忙做漢堡給艾契斯吃吧。

不過就算是這樣，未免也做得太誇張了，而且有許多地方都說不通。

最無法說明的就是里穗的存在。

目前現場最尷尬的人，就是里穗了。

原本以為是來參加感恩會，結果不僅沒這回事，現場的人也都不知道接下來要做什麼。

而且她是唯一一個明確的局外人。

誰也無法開口、極度尷尬的五分鐘就這樣過去了。

然後——

「久等了。」

在這股尷尬的氣氛中，千穗穿著大家熟悉的麥丹勞制服現身了。

千穗看向天禰，後者輕輕點頭。

「岩城店長，木崎小姐，還有小川哥、明子姊，以及媽媽。我想大家現在應該非常混亂。對不起，讓事情變得這麼奇怪。」

千穗依序喊出大家的名字，莫名其妙地開始道歉。

然而光是這樣，就讓真奧打了個寒顫。

因為被千穗道歉的那五個人，全都不曉得安特．伊蘇拉的事情。

「等等，千穗……？」

惠美也立刻發現這件事。

不過，千穗只輕輕看了惠美一眼，就馬上將視線移回岩城他們身上。

「接下來，我想請大家幫忙做東西給這個孩子吃。不過，這孩子的食量真的大到令人難以置信。一、兩百個漢堡可能還不夠。」

「啊！我想起來了！那孩子，之前一個人就吃了將近四十個漢堡……！穿和服的那個女孩，當時也和她在一起……」

川田似乎對艾契斯與鈴乃這對組合有印象，突然大聲喊了出來。

「一個人吃了四十個？」

就連木崎都感到驚訝，她交互看向艾契斯和川田，然後想起一件事。

「等等……我記得……你們之前都有來過店裡。不論是那個少女，還是妳……」

「妳記得真清楚。我明明只來過一次。」

天禰驚訝地睜大眼睛。

「那個，因為妳回去時好像瞪了我一下……不好意思。」

「啊，嗯，有、有這麼一回事嗎……？」

天禰似乎也對這件事有印象。

「小千，總之請妳先說明一下吧。我們只知道今天店裡被包場。這到底是怎麼回事？如果這位ＳＨＩＢＡ興產的大黑小姐和坐在那裡的少女是客人，我們當然會誠心誠意地工作，但因為妳也和這件事有關，讓狀況一口氣變得難以理解了。」

「說得也是，但我想也差不多該開始了。」

「啊……嘎、唔！」

「糟糕！千穗小姐，她好像快撐不住了！」

「……果然只靠那些不行啊。明明出門前才吃了那麼多東西。真奧哥，遊佐小姐！請你們先把現在機器裡有的蘋果派，全部拿來給艾契斯！利比科古先生，麻煩把冰箱裡能出的沙拉全部端過來！」

「咦，等、等一下！那傢伙該不會沒吃飯吧？」

「雖然有吃，但完全不夠！她今天已經吃了一百個飯糰！」

「咦，騙、騙人的吧？」

「別、別開玩笑了！」

艾契斯現在肚子很餓這項事實，讓真奧、惠美和利比科古都驚慌失措地立刻展開行動，但木崎等人完全無法動彈。

「艾契斯！撐住啊！再一下就好！」

「唔，已、已經……忍不住了……」

「喂，笨蛋，住手！天禰小姐，妳在發什麼呆啊！就沒帶什麼零食嗎？」

真奧不顧岩城等人也在現場，大聲叫喊，但天禰不知為何完全無視真奧的呼喚。

「千穗的媽媽，這裡很危險，請稍微後退一點。」

「咦？啊，好的。咦？」

不僅如此，天禰還像是容許艾契斯失控般，站到千穗母親前面保護她。

「鈴乃！快想點辦法！蘋果派必須要先炸過一次！再怎麼快都要花一分鐘的時間！」

「就、就算你叫我想辦法……！」

「千穗！天禰小姐！貝爾也是，你們到底在想什麼！這樣下去……！」

同樣搞不清楚狀況的惠美，也跟著向積極讓艾契斯在木崎等人面前失控的千穗她們大喊，

但下一個瞬間，一切都太遲了。

「啊、啊啊啊啊啊啊啊！」

「什麼？」

「咦？」

「怎麼了怎麼了怎麼了？」

「咦，那是什麼？」

「呀啊！」

伴隨著慘叫聲，從艾契斯的眼睛和嘴巴裡，開始發出強烈的紫色光線。

木崎、岩城、川田、明子和里穗見狀，同時發出驚訝的聲音，下一個瞬間——

「唔！」

惠美和真奧動了起來。

從艾契斯臉上發出的光線，筆直射向木崎。

惠美和真奧跳過櫃檯，展開魔力和聖法氣的結界，介入艾契斯的光線和木崎之間。

光線同時接觸到兩人的結界——

「唔！」

然後像是硬要突破惠美的聖法氣結界般，改變了角度——

「唔嘎！」

在被真奧的魔力結界彈開後，將旁邊的桌子開了個大洞，粉碎了椅子，並打穿地板。

「利比科古！快點餵她吃東西！我現在沒有魔力！撐不了多久！」

「好、好的！」

真奧的慘叫，讓利比科古立刻採取行動，他從油鍋裡拿起濾網，空手抓住真奧剛才丟進去

的五個蘋果派。

「咦？喂！這樣會燙傷……！」

明子在看見利比科古空手抓起剛用一百八十度的油炸過的蘋果派後，發出慘叫，但利比科古沒空理會。

他單手拿著蘋果派，用另一隻手拿著沙拉，衝到艾契斯面前——

「喂！幫忙按住她！」

利比科古將沙拉交給鈴乃，把手指插進發射光線的嘴巴裡撐開，硬將像火一樣滾燙的蘋果派塞進去。

「喔唔！」

光線突然瞬間消滅——

「唔唔！」

「唔喔！」

展開結界的惠美和真奧，因為衝擊突然消失而踉蹌了一下。

然後，在一旁觀望事情發展的千穗，看著像鵝一樣被鈴乃和利比科古灌食的艾契斯，開口說道：

「那樣應該能撐五分鐘吧……岩城店長，木崎小姐。」

「……咦？」

「……小千……剛、剛才那是……」

「我會在工作時依序說明，但如各位剛才所見，這孩子，艾契斯．阿拉現在必須一直吃東西，否則就會不斷發射那個光線破壞周圍的東西。所以……請各位趕緊先做出一百個普通漢堡，還有五十個起士漢堡。」

「一、一百五十個漢堡？」

「昨天進的貨應該夠用才對！請快一點！她又要發射光線囉！」

「拜、拜託了，木崎小姐！」

坐倒在地的真奧，朝因為目睹了過於驚人的狀況而無法動彈的木崎等人大喊：

「雖然聽起來莫名其妙，但小千說的是真的！小川！明明！岩城店長！這樣下去店會被破壞！快一點！」

「就、就算你叫我們快一點……」

面對這個脫離常軌的狀況，麥丹勞的員工們仍無法行動。

於是千穗立刻衝進櫃檯，快速操縱收銀機。

櫃檯開始顯示點餐的待機畫面。

一看見那個畫面，明子率先動了起來。

「雖、雖然不曉得怎麼回事，但只要做漢堡就行了吧。」

「大木小姐？」

「岩城店長！雖然搞不懂是怎麼回事，但既然有人點餐就必須做！這大概是那種不做就無法明白的事情！好了，小川也快點！」

「喔、喔……」

「嗯、嗯……」

明子的激勵，不對，應該說是在櫃檯內側各處顯示的「漢堡 100」的畫面，激起了麥丹勞員工們的本能。

「……可惡！沒辦法了！阿真！小千！」

最後，一座大山晃動了起來。

「在提出一個我能接受的說法之前，今天可不會放你們回去喔！」

說完後，木崎也親自跳進廚房開始調理。

「總之只要讓她吃東西就行了吧？阿真、小川、明明專心做漢堡！岩城店長盡量多炸一點薯條和蘋果派！為了避免食材用光，佐惠美先去仔細確認各處的庫存量，等有空後再自己找地方支援！我去樓上的咖啡櫃檯，準備甜點和飲料！小千和利比科古負責上菜和餵食！所有人，都有把耳機戴上吧！」

「「「「「「「是的！」」」」」」」

七人幹勁十足地回應木崎的指示，受到他們的影響，餵完沙拉的鈴乃——

「千、千穗小姐！我也……」

也表示想要幫忙。不過——

「小千！利比科古！不要煩勞客人！」

木崎尖銳的斥責，與其說是在提醒千穗，不如說是在牽制鈴乃。

「客人請回到座位等待。佐佐木小姐的母親和大黑小姐也請入座，接下來就交給我們這些麥丹勞員工吧。」

「我、我知道了。」

「好、好的……」

「心情切換得真快。雖然不甘心，但靠你們了……」

鈴乃、里穗和天禰都折服於木崎的魄力，各自入座，木崎確認過後，露出滿意的微笑，她打開耳機的麥克風，朗朗宣告。

「好了，各位，雖然今天的工作有許多第一次的體驗，但我們一定能夠克服！打起精神上吧！」

『是！』

「還有，小千、阿真和佐惠美，等之後有空時，我想問的事情可是跟山一樣多，做好覺悟吧！」

「了解！」

「好、好的……」

「我知道了……」

雖然發生了一堆莫名其妙的狀況，但目前能做的事情，就是盡快為客人提供餐點。

只要明白這點，木崎培育的麥丹勞員工就不會再迷惘。

不如說，反而是真奧這些知道艾契斯狀況的安特·伊蘇拉相關人士比較迷惘。

川田正在顧用來烤漢堡肉排的平臺，真奧本來想過去幫忙，但他先看了一下艾契斯與坐在她旁邊的鈴乃。

鈴乃一和真奧對上眼，就立刻紅著臉別開視線。

「……！」

「……考慮一下時間和場合啦。」

看來當時的那些話並不單純只是受到氣氛影響，在那之後仍讓她感到十分介意。

不過這也讓真奧因此下定決心。

這裡是和平常一樣的地方。

日本和安特．伊蘇拉混合在一起後，成了日常的一部分。

不對，是千穗改變了這裡。

目前還不清楚天禰、志波和志波的族人為什麼容許她這麼做。

不過既然木已成舟，那也無可奈何。

「等一切都結束後，再來考慮吧！」

「喂，阿真！你在幹什麼！如果不讓三個平臺連續運轉，一百五十個漢堡要做到什麼時候！」

「啊，對不起，小川！我馬上過去！」

就這樣，真奧總算以麥丹勞幡之谷站前店A級員工的身分，衝進櫃檯內側。

他想起自己最近好像才在感嘆只有自己完全沒參與滅神之戰，過著一如往常的生活。

「話雖如此，我可不期待這種展開啊！」

真奧大喊完後，轉向正冒著熱氣的平臺鐵板。

※

到了晚上九點。

雖然每個人都很累，但沒有人打算離開店裡。

艾契斯已經睡著了。

可怕的是，艾契斯在這九個小時裡，光漢堡就吃了五百個。

艾契斯一直吃個不停，中途甚至讓大家擔心起材料的存貨夠不夠。

那些不曉得艾契斯真面目與安特・伊蘇拉狀況的成員們，在看見艾契斯像施展魔法般將漢堡、薯條、飲料和各種副食吸進身體後，都驚訝得說不出話來。

即使做到了這個地步，她還是破壞了兩張桌子、四張椅子，並在牆壁和地板各開了一個如果不修好絕對無法開店的大洞。

在這段期間內，木崎、岩城、川田、明子和里穗，都接受了真奧、惠美、天禰、鈴乃、利比科古和千穗的說明。

該說明的事情有很多。

但話題的要點，還是圍繞在「安特・伊蘇拉」這個世界的存在上。

每個人驚訝到說不出話來。

尤其里穗受到的衝擊特別大。

畢竟女兒平常來往的朋友們來路不明的程度，已經到了異次元的等級。

木崎斜眼看了一下臉色蒼白的里穗後，清了一下嗓子。

「我想問一個問題。」

「……請說。」

木崎嚴厲的語氣，讓真奧縮起身子回答。

畢竟隨著真相一點一點被揭曉，真奧一直在針對自己的存在說謊的事情也跟著曝光了。

他不認為木崎會原諒這種背叛。

不過，從木崎口中說出的話，完全出乎他的意料之外。

「我們知道了這個祕密後，還能活著回去嗎？」

「啊？」

「咦？」

不只是真奧，就連準備今天這個舞臺的千穗都發出反常的聲音。

「異世界的魔王和勇者……正常來講，這應該是相當於國家機密的情報吧。我們知道這些事後……會不會被你們當成實現某個重大目的的棄子，或是為了封口而直接殺掉呢？」

「不、不會啦！才不會發生那種事！我們並不是那麼了不起的人！」

「真要說起來，我也是日本人，直到一年前都還不曉得真奧哥他們的事情，所以這根本不是什麼機密！話說，為什麼會突然擔心起這種事！」

「我倒要反問妳，為什麼不用擔心！妳明白嗎？我們可是突然被捲入這種事，在接受了超

出常識範疇的說明後，自己手上還沒有任何能夠反駁的材料！而且從阿真、佐惠美和利比科古的態度來看，他們原本應該是想要一直對我們保密吧！」

木崎用力敲了一下桌子，岩城、川田、明子都嚇得縮了一下。

「即使觀察你們工作時的動作，也是一下用奇怪的魔法擋住光線，一下在空中飛，或是一臉若無其事地從二樓跳下來……淨是一些令人難以置信的事情！而且……阿真！中間突然出現在佐惠美腳邊，和大黑小姐一起玩的小女孩！就是小千之前帶過來，說是你親戚的孩子吧！我可是親眼看到她憑空出現囉。可惡，這到底是怎麼回事！」

如果真的要說明這是怎麼回事，就只能從頭開始說明安特．伊蘇拉的狀況了，但比起這個，真奧更在意為什麼千穗、鈴乃和天禰要特地準備這個舞臺，向眼前的這些人揭露異世界的祕密。

「請、請聽我說……」

為了讓木崎冷靜下來，真奧慎選詞彙地說道：

「那個，雖然這樣的結果非我所願，但我之所以會來到日本，並在這間店工作，一開始真的只是偶然。並沒有什麼深刻的理由，單純只是因為生活需要錢，才不得不工作，真的就只是這樣而已。還有，木崎小姐，我想成為正式職員，以及協助木崎小姐工作的心情，也都不是謊言！我是真心的！這點請妳相信我！」

「居然是這個！你希望我相信的居然是這個！你們現在應該還有很多更加需要辯解的事情吧！」

慎選詞彙的結果，就是被罵了。

「我們……已經不曉得以後該如何和你們相處了……」

「那、那是……」

連木崎都是這樣的反應。

岩城、川田、明子和里穗散發的氣氛，甚至包含了恐懼。

而一直以來都在說謊，在力量方面遠勝於他們的真奧和惠美，如今不管說再多話，都無法挽回他們的信賴。

「……我一開始知道真奧哥他們的事情時，也是這樣。」

「……小千？」

「目睹令人難以置信的力量，遇到許多可怕的事情……明明之前感情一直都很好，卻突然變得不曉得該怎麼和他們相處。可是……」

千穗突然看向惠美，然後看向母親。

「我發現自己的心情，到頭來還是屬於自己。」

千穗說完這句話後，開始變得吞吞吐吐，腳也忸忸怩怩地動個不停。

「那個……雖然在這裡說這種事很難為情……但我其實，那個……不管是知道真相前，還是之後，那個……我都還是一直，喜、喜歡真奧哥……」

「「「「這我們早就知道了。」」」」

「咦？為、為什麼？」

所有人異口同聲地回答，讓千穗大受打擊。

「還問為什麼，妳真的以為自己藏得很好嗎？」

「大部分的人應該都有發現吧？」

明子和川田的話，讓千穗的臉一口氣紅了起來。

「……唉，搞不好連爸爸都發現了。」

「騙人的吧？」

被母親這麼一說，千穗將雙手貼在臉頰上，開始激烈地扭動身體。

「怎、怎、怎麼辦，真奧哥！我、我沒想到連店裡的大家和家人都發現了……！」

「別、別把話題丟給我啦！」

「這到底在演哪一齣啊？」

只有將雙腿借給艾契斯當枕頭、決定要當個旁觀者的天禰，傻眼地打了個呵欠。

「啊嗚……可、可是既然被發現，那就沒辦法了！我、我、我……即使知道了真相，還是非常喜歡真奧哥，其實我已經向他告白了！」

「咦？」

對這件事反應最激烈的人是川田──

「而且他已經拖了將近一年還沒回覆我！」

「坦白講這是我今天最不能接受的事！我沒想到你是這種人！」

「這樣不行啊，真奧先生，這樣不行啊。一年真的太誇張了。」

他露出彷彿能用視線殺人的眼神，和明子一起瞪向真奧。

「這是在拷問我嗎？」

如坐針氈的真奧，只能不斷把自己給縮起來。

「所以，那個，所以啊！這次的事情，當然也有一部分是為了艾契斯，但主要還是為了媽媽！」

「咦？我？」

女兒的指名，讓里穗猛然抬起頭，千穗用雖然慌張，但依然極度真誠，並且同時蘊含了勇氣與怯弱的眼神看向母親。

「我希望……媽媽能夠認同我未來的夢想。這次，引發了這場騷動，真的非常抱歉。」

「千穗……這是什麼意思？妳好好說，媽媽現在還很混亂……」

「媽媽……媽媽希望我度過什麼樣的人生？」

「咦？怎麼突然說這個？」

女兒認真的發言，讓母親驚訝地眨了一下眼睛。

「我將來的夢想，是希望能在喜歡的時候，和真奧哥、遊佐小姐，以及蘆屋先生、漆原先生和鈴乃小姐他們一起吃飯。不過這樣下去……在不久的未來內，這個夢想將變得無法實現。當然，我會去念大學。不過……我希望能讓媽媽了解我最喜歡的人們，知道我現在最珍惜的事物，所以我才會說出來，並準備一個像我當時那樣絕對無法否定，能讓媽媽相信安特·伊蘇拉的狀態。」

「那就是……今天的這個嗎？」

「嗯。就像我剛才說的那樣，其實還有其他幾個理由……」

說完後，千穗這次換依序看向木崎等員工。

「各位，真的很抱歉。我想這些莫名其妙的事情，應該讓你們很混亂吧。艾契斯還必須繼續留在日本一陣子。然而，她卻變成那種狀態，如果光靠目前的這些人，之後一定會撐不下去。真奧哥他們面臨的問題，必須要艾契斯維持健康狀態才能解決。為了撐過這段失控狀態，麥丹勞的設備和人員都是不可或缺的，而且……」

千穗看著躺在天禰腿上開始打呼的艾契斯的睡臉，開口說道：

「艾契斯非常不會隱瞞事情。所以我希望她除了公寓和志波小姐家以外，還有其他能放鬆的地方。為了這個目的，我沒有考慮到大家的狀況和心情，就利用了你們。真的非常抱歉。」

千穗深深地朝木崎、岩城、川田和明子低下頭。

岩城、川田和明子，都不曉得該怎麼回應。

只有木崎一個人——

「把頭抬起來。妳不需要這麼做。」

如此說道，並要千穗把頭抬起來。

「麥丹勞是讓客人放鬆和開心用餐的地方。如果今天幡之谷站前店對她來說是那樣的場所，那對我們來說只能算是一種喜悅，不需要任何人的道歉。妳真正應該道歉的對象……是阿真、佐惠美和利比科古吧。」

「咦……」

「不管怎麼想，那三個人都不知道妳的計畫。真面目曝光，應該會為他們三人之後的日常生活造成許多不便。妳不可能連這個都不知道吧。」

「……是的。」

「那為什麼要這麼做？」

「理由是，我覺得不會造成他們的困擾。我相信自己挑選的人選。因為……木崎小姐已經

變得和平常一樣了吧？」

「那是因為我是大人。再來就是因為他們至今累積的信用，讓我能夠勉強接受……」

「我知道這個世界上有許多明明是大人，卻會像個孩子般，無條件地討厭自己不熟悉的事物的人喔。」

千穗用意外堅定的語氣，如此反駁。

「就算艾契斯是這麼不合常理的存在，木崎小姐剛才依然把她當成『客人』；明子姊在我打了一百個漢堡的訂單後，就率先動了起來；小川哥做的漢堡，和平常一樣就像廣告裡那麼漂亮；岩城店長為了讓艾契斯在吃副食不會吃膩，在順序上費了不少工夫。我相信大家在面對客人時……不論對方是幡之谷的人，還是異世界的人，都會一視同仁地接待。因為認為大家是能夠溝通，並願意相信我的人，我才會拜託你們。即使遭受打擊……只要同樣是日本人的我拚命說服，大家最後一定會了解……小川哥和明子姊，剛才不也像平常那樣吐槽真奧哥了嗎？所以……」

千穗的眼眶裡浮現出淚水。

大人們都專心聽著少女說話。

千穗將世界捲進來，就只是因為希望別人能夠接受自己最喜歡的人們，以及他們的真相。

少女將生活在自己周圍的人們捲進來，即使對整個日本來說只是一間小小的店，但對高中生來說已經是個太大的世界。

「媽媽。等我變成大人以後，希望也能為了安特．伊蘇拉的人們而活。」

「千穗。妳的意思是……」

「不是的。是希望『也能』為了安特．伊蘇拉的人喔。我是在地球的日本出生，家人也在笹塚。」

千穗說完後，在心裡想著在場的人與目前不在場的人，開口說道。

「我想成為能把故鄉、家人和現在的容身之處都看得同樣重要的人。真奧哥他們和我，只是所有要素都完全相反而已。所以……媽媽，拜託妳。我以後絕對不會再說這麼任性的話，所以請讓我拯救一個世界。」

真是個任性得不得了的要求。

千穗到底在想什麼，覺得自己有什麼勝算，在這個狀況下，只是一個人類的千穗，究竟還能做到什麼事。

不過對這句話產生動搖的，就只有那些不曉得今天發生了什麼事的人。

鈴乃和天禰的表情完全沒變，只是默默地看著千穗。

「……媽媽已經完全聽不懂女兒在說什麼了。」

但先不看內容，或許這已經算是最寬容的反應了。

正常來講，就算因此陷入恐慌也不奇怪。

女兒單戀的男性，甚至不是這個世界的人。

所有人都在欺騙自己，蒙蔽自己。

可是——

「不過媽媽明白。真奧先生他們，唉，都是可靠的人。讓人覺得能夠信任的地方……唉，也算是滿多的。」

那些充當緩衝的嘆息裡，塞滿了母親的千言萬語和想法。

即使如此，里穗還是忍住了。

「我有兩個條件。」

里穗豎起食指。

「第一，就算重考或留級也沒關係，但一定要上大學。當然是日本的……或是地球的？我也不曉得該怎麼說比較好，總之要是這邊的大學。」

然後是中指。

「第二，要好好聽周圍的人的話，不要讓自己受傷或生病。只要遵守這兩個條件……唉，等將來必須說服爸爸的時候，我會站在妳這邊。」

「媽媽！」

千穗擦著流下的眼淚，用力點頭。

木崎見狀，便茫然地想起了以前的事情。

「……木崎小姐？」

「沒事，我只是覺得很不可思議。」

木崎看著佐佐木母女，向同樣是社會人的岩城說道。

「我只是想起在我下定決心要朝自己的夢想邁進時，我媽媽也跟我說過一樣的話。至少一定要上大學。要注意健康……真不可思議。該不會所有母親都是這樣吧。」

「我……又是如何呢。我一直以來，都沒有什麼將來的夢想，所以不記得有被說過這樣的話。我以前是個性格溫順的孩子。」

在一旁聽著早一步出社會的大人們的談話──

「……說得也是。如果只是要繼承小餐館，根本就不用上什麼大學……為什麼我爸和我媽要一直叫我去上大學呢……」

「我家倒是嚴厲地叫我一定要去念，因此多了不少討厭的回憶。不過只知道一個世界，和在眾多選項中重新選擇一開始的希望，應該是不同的事情。實際上小川也說過要將在大學學到的知識，運用在生意上吧。」

雖然年齡上已經成年，但還沒有身為大人的自覺的川田和明子，也跟著雙手抱胸低喃。

「話說回來……魔王和勇者啊。呵呵呵……」

「難怪利比會叫他『真奧大人』……」

「吶，阿真，不對，如果那些話都是真的，你應該比我大好幾歲吧。用綽號叫你好像太失禮了。」

「我是不是該效法利比，叫你真奧大人比較好？」

「咦？呃，那個，拜託饒了我吧！如果被木崎小姐和岩城店長那樣叫，我會怕到什麼都做不了。拜託你們照以前那樣就好。我說真的。」

「那是怎樣。」

「真奇怪。」

真奧尊敬的兩位上司雖然還有點困惑，但都露出了笑容，然後如此問道：

「我想請問一下。那個，我也能去……你們的故鄉嗎？」

面對這個問題，哭到臉都花了的千穗充滿精神地回答：

「單程只要四十分鐘喔！」

與此相對，千穗在日本最重要的人們異口同聲地說：

「「「「好近！」」」」

※

「唔……哇。」

「這、這是什麼！」

「風、風的味道……」

「雖然難以置信……」

「怎麼會有……這種事。」

川田、明子、岩城、里穗和木崎，在看見眼前的光景後都說不出話來。

五人直到剛才，都還在麥丹勞幡之谷站前店的一樓。

不過他們目前正在強風吹拂，能夠遠眺險峻山脈的高臺上。

從這裡也能俯瞰安特．伊蘇拉北大陸的「山羊圍欄」菲恩施。

「這裡不是日本！這裡絕對不是日本！」

「我、我知道了啦，明明！不要推！這裡沒有護欄！」

「那、那個城鎮是什麼？真、真的假的，騙人的吧。那裡居然有大象尺寸的山羊？」

「……這裡是安特．伊蘇拉的北大陸。千穗在那個城鎮也有很多認識的人。啊，川田先生，那裡的地面很脆弱，請站裡面一點。」

「遊佐小姐，妳在幹什麼？咦？為什麼妳一臉理所當然地浮在空中？咦？那裡沒有地面吧？」

「啊，對、對不起，我是因為怕川田先生腳踩空會很危險。」

「啊……不行，我好像開始頭暈了。」

「店長？妳沒事吧？」

惠美在高臺邊緣安撫川田、明子和岩城的期間，千穗、鈴乃、木崎和里穗，正一臉嚴肅地俯瞰底下的菲恩施。

「不行……這規模對我來說太大了……小千剛才說要拯救世界吧？這裡只是名叫安特·伊蘇拉的世界的一小部分吧？妳到底打算幹什麼？」

「安特·伊蘇拉很快就要發生一場大規模的戰爭。而且是足以顛覆整個世界的戰爭。不過……那場戰爭究竟會不會出現犧牲者，取決於接下來的幾天。」

「這和那個叫艾契斯的孩子必須保持健康的事情有關吧。把她留在店裡真的沒關係嗎？」

「雖然形式不太一樣，但艾契斯的夥伴之前也有失控過。當時是靠遊佐小姐的力量讓他冷靜下來。現在與其把她帶來這裡，不如讓她留在地球，在各方面都會比較安全。」

天禰、艾契斯、利比科古，以及無法和失控狀態的艾契斯融合的真奧，都留在幡之谷。

「千穗，話先說在前頭，我可不會幫妳出店裡的修繕費用喔？」

面對不安的里穗——

「放心吧，里穗小姐。天禰小姐算是艾契斯的遠親。與她們有關的損害，基本上都是由我們，或是志波家承擔。」

鈴乃如此向她說明。

「哎呀，是這樣嗎？那我就放心了……不對。還一點都不能放心。就像木崎小姐說的那樣，千穗，妳到底打算在這裡做什麼？雖然妳說要拯救世界，但遊戲裡會出現的魔王，就是正在幡之谷打工的真奧先生吧？」

魔王是在打工的真奧先生，里穗說出口後，才發現這句話真的很怪。

「……嗯，是這樣沒錯……鈴乃小姐。」

「是的。目前全世界的軍事力，即將集中在一個地方引發衝突。位於其中心的，就是我等魔王軍。不過魔王軍現在的目的，是引導世界進入下一個階段。我們想盡可能減少過程中伴隨的犧牲。不過這樣下去，別說是減少了，四塊大陸隨時都有可能進入全面戰爭，這樣或許會害我們至今的行動全都白費。」

「喔、喔……感覺好像是歷史教科書會出現的內容……」

「千穗小姐打算阻止這場戰爭。」

「要怎麼做？千穗只是個有點擅長料理和弓道的普通高中女生喔？雖然她已經很熟悉你們

和這個世界，但應該沒辦法做到像遊佐小姐那樣浮在空中之類的事情吧？」

面對這個充滿不安的問題，鈴乃指向遠方的某處。

「里穗小姐、木崎小姐，雖然距離有點遠，但你們看得見鎮上的大廣場上，立了一根像會發光的柱子的東西嗎？」

「嗯，看得見。那好像是玻璃或冰塊。」

「那是利用這個世界特有的力量『魔法』立起來的冰槍。而創造出那個冰槍的，就是千穗小姐的弓術。」

「……」

不曉得該如何反應的木崎陷入沉默——

「不行，我好像開始發燒了。」

里穗則是開始逃避現實。

「千穗小姐擁有一樣所有安特．伊蘇拉人都不具備，獨一無二的武器。我確信只要依靠那個力量，就能迴避讓世界陷入全面衝突的悲劇。這並不是我個人的妄言……迎接的人差不多快到了。」

「咦？迎接？」

惠美被鈴乃說的話嚇了一跳。

「貝爾？妳說的迎接是？」

鈴乃有些愧疚地轉向惠美，但她沒有回答，而是從手中發射聖法氣的光彈。

「那、那是魔法嗎？」

就在木崎驚訝地大喊時，突然有三道人影出現在能夠俯瞰菲恩施的斷崖上。

「艾謝爾！路西菲爾！加百列？」

「呀——？有什麼東西跑出來啦啊啊啊啊啊？」

「明明，不要推我啊啊啊啊！」

來人是蘆屋、長出黑色翅膀的漆原，以及穿著上面大大寫著「ＳＨＩＢＵＹＡ！」的Ｔ恤、品味一點都沒變的加百列。

「哎呀，是團體客人呢。」

「感覺人數比一開始聽說的還要多？」

加百列和路西菲爾沒什麼感動地像平常那樣亂開玩笑，唯一維持人類型態的蘆屋，輕輕在木崎和里穗的面前降落，然後低頭下跪：

「佐佐木小姐的媽媽、木崎店長，以及麥丹勞的各位，我想各位應該都被嚇到了。至今一直欺騙各位，真的是再怎麼道歉都不夠……不過，只有一件事情我可以向各位保證。佐佐木千穗小姐是我等安特．伊蘇拉居民的最後希望……我以主人的名譽發誓，絕對不會讓她出任何差

錯。」

「喔、喔……」

「呃，蘆屋先生，那個……」

木崎和里穗困惑地點頭——

「艾謝爾，魔王在那裡出了那麼多醜，就算你現在用主人的名譽發誓，應該也沒什麼效果吧。」

鈴乃也跟著亂插嘴。

「閉嘴，貝爾。真要說起來，要是妳能更振作一點……不，算了。比起這個，佐佐木小姐，真的要讓妳的母親同行嗎？」

「咦？什麼意思？」

「是的，希望可以拜託你們。」

「千穗，等一下，我什麼都沒聽說！」

雖然母親因為突然聽見「同行」這個詞而慌了手腳，但千穗一臉嚴肅地說道：

「就算我說要拯救世界，媽媽應該也聽不懂我在說什麼吧。所以還是直接讓妳在旁邊看比較好。就像剛才那樣，如果有需要回去，也只要花四十分鐘，放心吧。」

「妳、妳這是要我怎麼放心啊……」

「等等，貝爾！艾謝爾！你們想對千穗和她媽媽做什麼？」

不只有里穗感到慌張。

惠美也因為這個突然的發展而動搖。

「什麼？艾米莉亞，我還以為妳這次已經掌握情況了……貝爾什麼都沒告訴妳嗎？」

「咦？」

「抱、抱歉。我以為艾謝爾在妳回日本前有告訴妳。」

「咦？」

看來這次是因為先入為主的印象造成了誤會，不過從這個狀況來看，就算現在開始說明，也不會有任何改變。

「魔王城將比原本的預定時間提早一個月升空，但在那之前有不少準備要做。而由誰進行那些準備，在各方面給人的印象都會大為不同。」

「提早一個月？那是怎樣！為什麼我回去時什麼都沒告訴我！」

「『純粹是聯絡上的失誤。』」

面對惠美的抗議，蘆屋和鈴乃厚臉皮地如此回答。

「昨晚已經取得了千穗小姐的同意。這次和支爾格那次一樣，沒有任何危險，也不會對身體造成負擔。雖然也可以回笹塚的家，但補習班和學校那邊就沒辦法了，所以為了守護千穗小

姐在日本的生活，最終還是需要里穗小姐的協助。這件事能夠進行得這麼順利，果然還是多虧了千穗小姐的人德。」

「主要成員已經大約有一半都聚集在諾斯·夸塔斯，我們差不多該走了。」

「所以說主要成員是哪些人啊！你們到底打算讓千穗做什麼！我今天接下來就要回日本！至少給我一些能向魔王說明的情報啦！」

「咦？難道連真奧都什麼也沒聽說嗎？」

「咦？都沒有人告訴魔王嗎？這樣他之後又會生氣吧？」

「這、這麼說來，喂，貝爾。」

「我、我是因為那個，發生了很多事，所以找不到機會……」

雖然不太清楚詳情，但木崎看著那群慌張的男人和鈴乃——

「聯絡體系不夠完整的組織，在遇到緊急狀況時很容易出問題喔。」

毫不留情地如此說道，實在是令人敬佩。

此時，加百列將手抵在耳朵旁邊說道。

「啊，萊拉傳來聯絡，說統一蒼帝已經抵達伊亞·夸塔斯，正準備前往諾斯·夸塔斯。不快點出發會很不妙吧？」

「這可不行。佐佐木小姐，等到了諾斯·夸塔斯再好好談吧。佐佐木太太如果有什麼話，也等到了那裡再說吧。喂，加百列，佐佐木太太就交給你了。」

「收到。夫人，請把手給我。」

「咦？啊，好的。」

「等等，加百列！艾謝爾！路西菲爾！」

「麥丹勞的各位，就由貝爾送回去吧。貝爾，回程時麻煩妳說明了。」

「嗯，我知道了。感覺魔王一定又會生氣。」

「……那部分也交給妳處理了。」

「嗯，交給我吧。」

「那麼，佐佐木小姐，我們走吧。」

「好的，拜託你了，蘆屋先生。那麼，木崎小姐！岩城店長！小川哥、明子姊！給你們添了很多麻煩，真的很對不起！等我回去後，會再想辦法補償你們！」

「夫人，妳要好好抓緊喔？哈哈哈！」

「咦、咦咦？」

下一個瞬間，路西菲爾、蘆屋、千穗和里穗，都進入了加百列打開的「門」，從這裡消失了。

親眼目睹人類消失到另一個空間，讓麥丹勞員工們只能僵在原地說不出話來。

「喂，貝爾！剛才那是『門』吧？這樣沒問題嗎？諾斯・夸塔斯有教會騎士團在吧？」

「……現在還沒問題。至少在我的授秩禮結束，正式成為大神官前都沒問題。」

鈴乃抬頭看向千穗等人消失的天空，低聲說道：

「魔王城即將升空。至於城堡下會是一片火海，還是一場鬧劇……就全看千穗小姐了。」

「什麼意思？你們到底打算讓千穗做什麼？搞不好魔王這次真的會生氣喔。」

惠美擔心地說道，但鈴乃搖頭，臉上帶著無畏的自信回答：

「即使魔王生氣，我現在也已經準備好對應的手段。艾米莉亞，妳不用擔心。」

「……貝爾？妳在說什麼？」

「……誰知道呢，那麼差不多該回去了。木崎小姐他們差不多該覺得冷了。我也很擔心艾契斯他們。得先讓大家冷靜下來。」

鈴乃從懷裡掏出天使的羽毛筆，呼喚麥丹勞的員工們集合，惠美驚訝地看著她的背影。

回過頭一看，屹立在菲恩施的亞多拉瑪雷克的冰之魔槍，就像是盤腿坐在地上，從高處觀看自己死後世界的發展。

「吶，貝爾，拜託妳，至少在回到幡之谷之前，告訴我千穗到底想做什麼。不然等魔王做出奇怪反應的時候，我會沒辦法站在妳這邊。」

「無論魔王有什麼反應，我都是站在他那邊的喔。」

「可以的話，我也想知道為什麼妳對魔王的態度變得那麼奇怪。妳也差不多該說清楚了吧。這樣讓人很煩躁。」

儘管心裡隱約察覺為什麼鈴乃一提到真奧的名字就顯得莫名開心，惠美仍堅忍地問道，鈴乃似乎總算死心，和惠美一樣看向魔槍，開口說道：

「明天將會在諾斯．夸塔斯召開一場會議。與會者有迪恩．德姆．烏魯斯大人、拉吉德．拉茲．萊昂戰士長、統一蒼帝、海瑟．盧馬克將軍，以及……我和大神官賽凡提斯．雷伯力茲。」

「……什麼？」

這是今天第幾次啞口無言了。

這樣的陣容，已經等於是世界高峰會了。

歷史上，這些成員應該從來沒有齊聚一堂過。

就連在與魔王軍的那場大戰中，那些領導者們基本上也都只是待在後方。

而其中最引人注目的，就是統一蒼帝和賽凡提斯這兩位成員。

雖然蘆屋最早選擇的交涉對象就是統一蒼帝，但他通常不會像迪恩．德姆．烏魯斯那樣出現在現場，而是將一切都交給八巾騎士們處理，完全無法揣測他的真意。

至於賽凡提斯，目前可以說是魔王軍僅次於天界勢力的大敵。

「我們要讓千穗小姐擔任那場會議的議長。」

不過在啞口無言之後，這次換思考徹底停滯。

「除了千穗小姐以外，其他人都不行。能讓所有與會成員都認同的議長，就只有千穗小姐一個人。」

「那…………那和拯救世界有什麼關連？」

面對惠美的問題，鈴乃臉上掛著寂寞的微笑回答：

「議題只有一個。就是在千穗小姐的主導下，重現勇者艾米莉亞以前完成過的事蹟。」

此時風開始變強，讓惠美和鈴乃的頭髮激烈地晃動。

菲恩施特有的陰暗低沉的天空，就像惠美現在內心的寫照。

在呼嘯的強風中，鈴乃確實這麼說了。

「討論的內容，就是第二次攻打魔王城的計畫。」

──待續──

作者，後記 — AND YOU —

雖然每個人都會有一、兩件不為人道的事情，但意外地通常都不到被稱作祕密的程度。

我翻閱字典查詢了「祕密」這個詞，發現其中一個意思是「佛祖基於某種原因隱藏起來的教誨」。

這是從被稱作密宗的佛教教派產生的詞彙。

即使從這個起源來看，「祕密」的含義也可以解釋成無論是被隱藏或揭曉，都會對祕密周圍的不特定多數人產生影響的事物。

試著回顧我們的人生，就會發現無論隱藏或揭曉都有意義的事情其實意外地少。

基本上想要隱藏的內容，頂多就只是小時候或年輕時懷抱的後悔與慚愧這種程度的事情。

雖然是個敏感的話題，但再來就是年收入或持有資產這類與金錢有關的事情吧。

不過就算把這些事情隱藏起來，也不會對周圍那些不知道的人產生多大的影響，在揭曉之後，除非內容的違法性過高或太誇張，否則也只會影響揭露者本人的評價，並不會對周圍的人產生過度的影響。

仔細想想，日常生活中足以被稱作「祕密」的——

「誰和誰在交往。」

感覺就只剩下這個了。

如果某個集團裡出現特定的情侶，會造成極大的影響。

有鑑於那個影響，在適當的時機到來之前，將結為情侶的事情隱藏起來，可說是有很大的意義。

在揭曉之後，原本被隱藏的事實難免會獲得正反兩面的評價，最後也會對周圍造成很大的影響。

坦白講，在這之上的祕密，好一點的是國際運動比賽的選手名單，壞一點的就是企業的隱蔽行為或政府與官僚的貪污等規模太大的話題，所以感覺都不是我們會直接接觸的事情。

那麼，回顧自己的日常生活，就會發現託各位讀者的福，在和ヶ原的作家生活中，也開始會定期懷抱祕密。

並不是接下來要寫的內容，而是「發售日」。

關於接下來要寫的內容，即使早就已經想好了情節，實際開始撰寫後往往還是不能按照預定進行，所以有很多事情連我自己都不知道，這不能算是祕密。

另一方面，隱藏發售日這件事，即使不用特別解說，大家也都知道商業上的隱藏、公開和時間點，都有很大的意義和影響。

在說出「發售日已經公開，敬請期待！」的瞬間，對自己與周圍造成的影響真的是難以估計。

那麼，雖然拖拖拉拉地說了一堆莫名其妙的話，但我真正想說的其實是「離上一集的發售日已經過了很久真是非常抱歉」。

能夠揭曉本書《打工吧！魔王大人》第十九集的發售日和故事裡的一些小祕密，真的讓我鬆了口氣。

至於下一本書的發售日和故事的祕密……我會盡可能、盡可能早一點揭曉。

本書是講述一群在日常生活中，努力面對自己內心深處祕密的人們的故事。

在面對之後，那個祕密究竟會被揭曉，還是繼續隱藏下去。

關於他們各自做出的結論，就留待各位在故事的世界中確認了。

那麼，我們下一集再見！

再會囉！

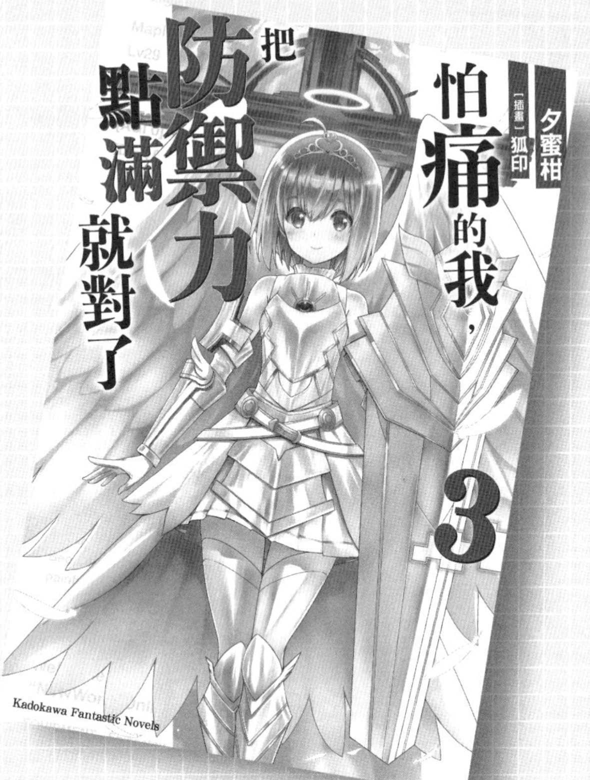

怕痛的我，把防禦力點滿就對了 1~3 待續

Kadokawa Fantastic Novels

作者：夕蜜柑　插畫：狐印

日本公布動畫化企劃進行中！
令官方頭痛的梅普露創立公會【大楓樹】！

梅普露成了官方頭痛的超強玩家。她創立公會【大楓樹】，邀請夥伴莎莉、高超工匠伊茲、冒險中認識的強力玩家克羅姆、霞等人加入，日後玩家稱作「妖獸魔境」、「魔界」而避之唯恐不及的最凶公會就此誕生！這次梅普露變成大開無雙的神？

各 **NT$200~220/HK$60~75**

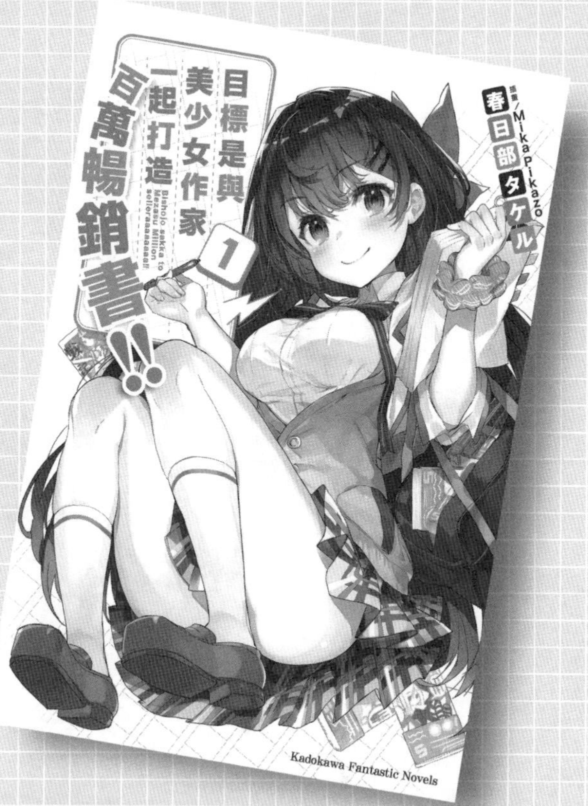

目標是與美少女作家一起打造百萬暢銷書!! 1 待續

Kadokawa Fantastic Novels

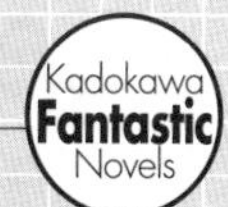

作者：春日部タケル　插畫：Mika Pikazo

《我的腦內戀礙選項》春日部タケル新作
挑戰百萬銷量的編輯與作家的熱血愛情喜劇！

原本立志成為文藝書編輯的黑川，陰錯陽差被分派到輕小說部門。在這裡有成天被作者的下流電話惹哭的前輩、狂打電動的副總編，及行蹤成謎的總編輯……更糟的是，他所負責的作家正陷入創作低潮中。能寄望的只有另一位天才女高中生作家——

NT$200/HK$65

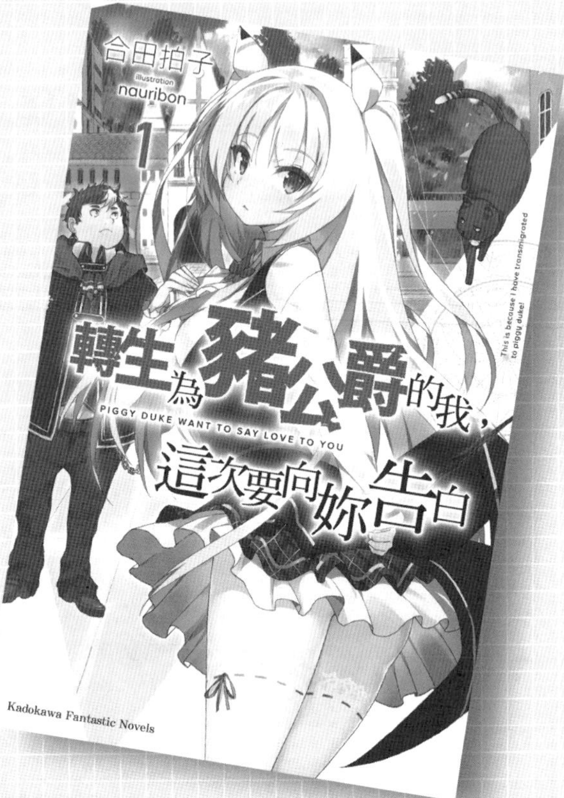

合田拍子
illustration
nauribon
1
轉生為豬公爵的我，這次要向妳告白
PIGGY DUKE WANT TO SAY LOVE TO YOU
This is because I have transmigrated to piggy duke!
Kadokawa Fantastic Novels

轉生為豬公爵的我，這次要向妳告白 1 待續

作者：合田拍子　插畫：nauribon

第一屆カクヨム網路小說大賽特別賞得獎作！
轉生到動畫世界的少年向壞結局的命運反抗！

意外轉生到動畫世界成為反派豬公爵的我，照劇情走就會直奔壞結局!?這可不行！我要運用熟知的動畫知識以及「全屬性的魔法師」這神扯的無雙能力，變成學園人氣角色，改變命運！然後，致我所愛的夏洛特——我要成為配得上妳的男人，向妳告白。

NT$220/HK$75

賢者大叔的異世界生活日記 1~5 待續

作者：寿 安清　插畫：ジョンディー

大叔在異世界遇上的女殺手竟是宿敵！
「既然是敵人，殺了也無所謂吧？」

伊斯特魯魔法學院主辦的實戰訓練到了第三天，茨維特竟被殺手襲擊！此時大叔卻在另一邊挖礦，完全忘了護衛的事。幸好守護符發揮了效用，於是傑羅斯急忙騎著機車趕往現場。當傑羅斯和女殺手正面對峙時，發現對方卻是他意想不到的人……？

各 **NT$240/HK$75~80**

4
千月さかき
插畫○東西
以我的能力創造
開外掛的老婆們
isekai de skill wo kaitai shitara cheat na yome ga zoushoku shimashita
概念交差的構造體
Kadokawa Fantastic Novels

以我的能力創造開外掛的老婆們 1~4 待續

作者：千月さかき　插畫：東西

超M的巨乳妖精登場！
主角拒當勇者的後宮旅行記第四彈！

凪一行人終於抵達蕾蒂西亞送他們的別墅，得到了「大家的安身之處」。凪偶然地與妖精族冒險者少女菈菲莉亞重逢，一行人兵分兩路地保護伊莉絲，沒想到卻有更困難的「海龍試煉」正等著凪……他能重現當初拯救巫女的勇者傳說嗎？

各 **NT$210~230/HK$65~77**

Kadokawa
Fantastic
Novels

打工吧！魔王大人 19
（原著名：はたらく魔王さま！19）

2019年9月5日　初版第1刷發行

作　　者：和ヶ原聡司
插　　畫：029
日版設計：木村デザイン・ラボ
譯　　者：李文軒

發 行 人：岩崎剛人
總 經 理：楊淑媄
資深總監：許嘉鴻
總 編 輯：蔡佩芬
編　　輯：黎夢萍
美術設計：黃永漢
印　　務：李明修（主任）、張凱棋

發 行 所：台灣角川股份有限公司
地　　址：105台北市光復北路11巷44號5樓
電　　話：（02）2747-2433
傳　　真：（02）2747-2558
網　　址：http://www.kadokawa.com.tw
劃撥帳戶：台灣角川股份有限公司
劃撥帳號：19487412
法律顧問：有澤法律事務所
製　　版：尚騰印刷事業有限公司
ＩＳＢＮ：978-957-743-217-9

國家圖書館出版品預行編目(CIP)資料

打工吧!魔王大人 / 和ヶ原聡司作 ; 李文軒譯. --
初版. -- 臺北市 : 臺灣角川, 2019.04-
冊 ; 公分
譯自 : はたらく魔王さま！
ISBN 978-957-564-841-1(第18冊 : 平裝). --
ISBN 978-957-743-217-9(第19冊 : 平裝)

861.57 108001911

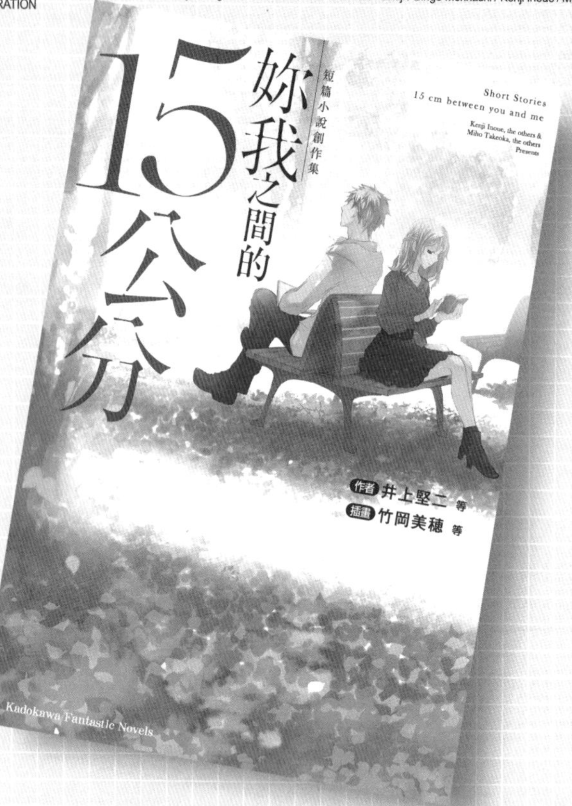
短篇小說創作集
妳我之間的15公分
Short Stories
15 cm between you and me
Kenji Inoue, the others &
Miho Takeoka, the others
Presents
作者 井上堅二 等
插畫 竹岡美穗 等
Kadokawa Fantastic Novels

短篇小說創作集 妳我之間的15公分

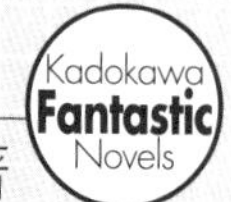

作者：井上堅二 等20 人合著　插畫：竹岡美穗 等7 人合著

Kadokawa Fantastic Novels

以15公分串聯起你我之間的無限可能……
由總數20名作家聯合執筆的短篇小說傑作集！

也許會發生於明天的，屬於你的「if」的故事。由《笨蛋，測驗，召喚獸》、《文學少女》等總數二十名作家聯合執筆，主題涵蓋「15公分」與「男女」這兩個題目。有懸疑、愛情、奇幻、運動或其他天馬行空的類型，20篇短篇小說傑作集！

NT$280/HK$93